CB057528

três *elefantes* na **ÓPERA**

ROGÉRIO MENEZES

trêselefantesnaÓPERA

EDITORA RECORD
RIO DE JANEIRO • SÃO PAULO
2001

CIP-Brasil. Catalogação-na-fonte
Sindicato Nacional dos Editores de Livros, RJ.

M513t   Menezes, Rogério
   Três elefantes na ópera / Rogério Menezes. – Rio
   de Janeiro: Record, 2001.

   ISBN 85-01-06178-6

   1. Romance brasileiro. I. Título.

01-0923   CDD – 869.93
                       CDU – 869.0(81)-3

Copyright © 2001 by Rogério Menezes

Capa: Victor Burton

Direitos exclusivos desta edição reservados pela
DISTRIBUIDORA RECORD DE SERVIÇOS DE IMPRENSA S.A.
Rua Argentina 171 – Rio de Janeiro, RJ – 20921-380 – Tel.: 2585-2000

Impresso no Brasil

ISBN 85-01-06178-6

PEDIDOS PELO REEMBOLSO POSTAL
Caixa Postal 23.052
Rio de Janeiro, RJ – 20922-970

EDITORA AFILIADA

"É dos homens e só deles que se deve ter medo sempre."

(LOUIS-FERDINAND CÉLINE)

"A vida é um potro selvagem."

(eu)

este livro é dedicado a
renato Amorim
emerson Lopes Silva
joaquim Maria de Machado de Assis (in memoriam)
crispim Menezes (in memoriam)
águida Menezes (in memoriam)

agradecimentos especiais a ricardo Noblat,
carlos Marcelo e chiquinho Amaral

Prólogo

Prólogo

passageiro um

Parece haver algo estranho a bordo, as aeromoças estão confusas, circulam pelo corredor do avião como abelhas desorientadas depois que alguém destrói a pauladas a colméia que construíram com tanto empenho. os outros passageiros têm olhar sinistro, de virgens impúberes perseguidas por algozes vampiros, ávidos por sangue: é pânico, é pânico, é pânico. mas, sou maga, sou bruxa, consultei o tarô, olhei o vidro contendo minha última menstruação, que guardo em pequena geladeira no 'quarto das coisas-do-além', onde conservo quinquilharias, ervas e beberagens que me são caras. não vi nada de ruim por vir. quando adolescente, tive revelação (arembepe, maio de 1968, depois de inserção lisérgica na mente, nunca esquecerei): vulto de mulher me dizia: — *o sangue de teu derradeiro mênstruo te servirá de oráculo. guarde-o, quando o último fluxo menstrual chegar, em vidro transparente e nele estará desenhado o futuro* — *o teu e de todos os teus semelhantes*. obedeci. no ano passado, aos quarenta e sete anos, segui as instruções que me foram dadas havia mais de três décadas. não me arrependi: não faço nada sem consultar a minha bola de cristal particular e pessoal. ontem, olhar profundo sobre a rubra infusão me garantiu: nada haverá de errado, tudo estará em ordem, nada sairá dos trilhos nos minutos que se seguem. dormi bem a noite passada, nenhum sonho premonitório daqueles que tenho de vez em quando e que me deixam louca, doida, sem saber direito se falo ou não para a pessoa o que vi: que vai morrer, que a filha vai ser assassinada, que a mulher o trai com o melhor amigo. não acho isso muito bom, mas já me acostumei, faz parte de minha natureza: sou espécie de embaixatriz das desgraças. deus, dono de infinita sabedoria (embora minha mãe não concorde com tal afirmação e o ache grande crápula), poupou-me de ver coisas boas, de dar notícias que deixariam as pessoas felizes. na maior parte das vezes, me calo. às vezes nem dá tempo de falar nada. um dia desses meus olhos se bateram de frente com os olhos de uma mulher e vi nos olhos dela: a morte lhe pairava sobre os ombros, piscava-lhe, safada, sedutora: — *vem, vem, chegou a hora!* fiz menção de dizer algo, falar palavra de carinho, encorajá-la, não deu tempo: atravessou correndo a rua e foi atropelada por caminhão. sapato azul, com pé enfiado dentro, caiu a cem metros do local, sobre mesa de perfumes *ivesanlorran* paraguaios que camelô vendia próximo ao conjunto nacional. aos quatro anos, alguém me contou depois, disse à minha mãe, após meu pai sair para trabalhar: — *papai não volta mais, vai bater o carro e morrer. não volta mais! nunca mais!* mamãe me mandou parar de falar bobagem, me deu duas palmadas na bunda e um choque elétrico de duzentos e vinte volts. mas, no final do dia, percebeu: eu era diferente. meu pai foi encontrado morto entre as ferragens de um opala vermelho. o choque, de tão violento, degolou-o. o rosto, intacto, foi encontrado a cinqüenta metros do resto do corpo, completamente carbonizado: um metro e oitenta e cinco centímetros de altura viraram alguma coisa parecida com pneu de lambreta. minha mãe quis guardar a cabeça num velho baú. não deixei. nunca mais foi a mesma depois disso, vive esperando meu pai voltar e implorando para que eu a mate. digo-lhe quase diariamente: —*papai não volta mais, mãezinha, resigne-se, conforme-se, espere a morte chegar, não se apresse, ela vem, aceite os desígnios de deus.* há quarenta anos me olha com olhar de dor e cochicha (e essa repetição me enlouquece, às vezes tenho vontade de esganá-la e jogar o corpo para os urubus devorarem): — *deus é um canalha, deus é um canalha! não o perdôo por ter levado o odilon tão cedo. ele não merecia.* digo: *mãezinha, mãezinha, deus sabe o que faz.* hoje, quando saí de casa, brincou: — *deus é um canalha, pode muito bem derrubar o avião que você vai embarcar... deus não gosta de nossa família.* sorri e falei: — *mãezinha, não vai acontecer nada, nada.* agora, ouvindo mozart no canal de música clássica do avião, tudo isso é remota lembrança. a natureza parece conspirar a favor dessa minha viagem, me deram folga na hora certa, no dia certo, as meninas viajaram para passar uma semana com o pai, diva ficou cuidando de minha mãe, vou viver sete dias de paz em lençóis, cidade mágica, cheia de trilhas que levam ao autoconhecimento, onde descobri que a vida é mais do que um gordo saldo bancário (ganho R$ 1.500 mensais, sou funcionária pública que morre de tédio e torce para o expediente acabar logo, mas sou feliz!), é se antenar com o cosmos, com o planeta, com o que há de belo no mundo, com todas as energias boas que a terra emana, e que não são poucas, acredite! verdade, não gostei da energia desse homem sentado ao meu lado esquerdo, na janela, anda de muletas e tem cicatriz na testa. e, aprendi, marcas no rosto e homens coxos são sinal de tragédia. uma vez, em minha lua-de-mel com luiz, entrei no metrô de paris e deparei com um homem de rosto cortado. arrepiei-me dos pés à cabeça e falei pro meu marido: — *vamos mudar de lugar, aquele senhor não tem boa energia, não emana bons fluidos.* fizemos bem. ao olharmos para trás, a mulher que estava sentada ao lado do homem de cara marcada debatia-se em fulminante ataque cardíaco. senti algo estranho quando sentei no meu banco, 10 b, e o vi. mas me concentrei, fechei os olhos, mentalizei boa viagem e tudo irá bem — nada nos acontecerá. o rapaz à minha direita, na cadeira do corredor, parece bom sujeito, lê contritamente livro grosso chamado *submundo*, de autor que não conheço: um tal de don delillo (ou seria decillo?), não consigo ler direito. algo me intriga. o homem lê sempre a mesma página: 407. está tão perto de mim (a convivência entre passageiros nos aviões de hoje em dia é quase marital), consigo ler: "acho que eu levei tempo demais para largar o catolicismo. devia ter caído fora com dez anos." concluo: alguém que lê com tanta contrição não pode ser má pessoa. olho-o com carinho. mozart me enleva. sinto-me bem. comi um prato leve antes de sair de casa (salada com rúcula e ricota e suco de maracujá), odeio comida de bordo. sinto-me feliz. olho de novo o rapaz que lê, talvez pela centésima vez, a página 407. parece tenso. é belo. tenho vontade de beijá-lo. à esquerda, o homem coxo da cicatriz se agita na cadeira, bebe um uísque atrás do outro. os sinais não param de piscar avisando para apertar cintos. relaxo. tenho mozart entrando nos ouvidos, o que posso querer mais? chove lá fora. gosto de chuva. o avião balança, o homem da cicatriz parece assustado. será que passa pela cabeça dele que o avião pode cair? se não fosse tão antipático, avisá-lo-ia: não vai acontecer nada. é beethoven quem toca agora. olho de novo para o homem da esquerda e posso ler, de novo: "acho que levei tempo demais para deixar o catolicismo." relaxo. inicialmente não sonho nada, é aquele momento nirvânico que precede o sono pesado. algo frio cai sobre o meu colo e ouço voz masculina pedindo desculpas: — *desculpe, foi sem querer, perdão...* tudo treme ao redor, mas beethoven é mais forte... alguém já disse e é verdade: a música é a mais sublime das artes. estou em êxtase. casei de véu, grinalda, sete pajens e sete damas de honra ao som de beethoven. e era virgem. luiz, com quem me casei, era um príncipe (que logo no dia seguinte virou sapo, mas aí já é outra história) que me rompeu o hímen de maneira tão gentil e habilidosa, que fiquei mal acostumada: pensei que todos os homens seriam como o daquela noite, inclusive o luiz. não eram. tive duas filhas e nenhum amante. uma lésbica e um gay se apaixonaram por mim, chegamos a ir para a cama, mas com ambos me senti no filme e na cena errados. viraram meus amigos. paulo morreu de aids, e chorei muito quando soube (e soube disso três anos antes de ele morrer, quando não tinha sequer feito o teste de HIV e provavelmente ainda nem sequer havia transado com a pessoa que o infectou; pensei em avisá-lo, mas como? quando tentava alertá-lo sobre os perigos da promiscuidade, no início dos anos 80 éramos todos muito promíscuos, ele me fuzilava, cheio de ironia e humor: — *você está ficando velha, ô tia...*). lizandra é hoje casada com cantora de fama nacional que faz parte do que os jornais costumam chamar de primeiro time da mpb. vivo ouvindo a moça cantando no rádio de vez em quando, mas não suporto. sou metida a besta, odeio caetano, joão gilberto, elis regina, marisa monte, esse povo todo que teima em querer acrescentar algo mais ao som dos instrumentos. odeio o canto da voz humana. sou viciada em beethoven e mozart, gente assim. quando os ouço, como agora, sinto que nada poderá acontecer comigo. e você pode não acreditar (e pode até não coincidir com o que já disse até aqui; mas sou personagem complexo, o que posso fazer?), mas adoro metallica e skid row. tudo treme. quase acordo. por enquanto, sonho: estou sentada assistindo a telejornal que mostra acidente de avião ocorrido em são paulo no final de 1996. minha mãe está deitada no meu colo, meus filhos, ainda crianças, brincam com o cachorro, mulher, com cara de hebe camargo e corpo de elefante, anuncia em tom de show: — *o nome da próxima vítima do acidente de avião que acabou de ocorrer nas proximidades do aeroporto de congonhas, em são paulo, é maria, maria, maria, maria, maria, maria, mariiiiiaaaaa!* o cachorro late, os meninos choram, minha mãe cochicha no meu ouvido: — *não te avisei, deus é um canalha, levou odilon, agora vai te levar...* berro. acordo com meu grito. olho ao redor e vejo: o homem que lê a página 407 me olha apavorado. o coxo mal encarado de cicatriz na testa, as aeromoças, as mulheres, os homens e as crianças também. uma garrafa de campari escorrega da mão de uma das comissárias, que dá gritinho aflito e foge para as coxias, como se fosse atriz de teatro que tivesse cometido pequena gafe diante do público exigente e atento. tudo treme, como os colhões de meu pai quando corria nu e de cócoras à minha frente e eu o seguia serelepe, alegre, feliz. sou o centro das ações. não tenho outra saída a não ser gritar. e grito: — *deus é um canalha. por que vocês não gritam? vamos todos morrer. gritem!* o homem que lê a página 407 torce nervosamente as mãos. o coxo mal encarado da cicatriz na testa dispara: avemariacheiadegraçaosenhoréconvoscobenditosoisvósentreasmulheresbenditoofrutodovossoventrejesus... incorporo maria callas e antonio conselheiro e vocifero: — *o avião vai cair, rezem as últimas preces, lembrem-se com carinho dos vossos filhos, das vossas mulheres e dos vossos maridos que ficaram em casa, lembrem-se de todos os pecados que cometeram, arrependam-se deles e orai. este é o último minuto do resto de vossas vidas!*

passageiro dois

merda. esqueci de novo de dar descarga na privada. isso vem acontecendo com freqüência nos últimos tempos. talvez eu queira me dizer algo. talvez signifique alguma coisa, sei lá. juliano c. certamente vai deparar com minhas intimidades quando for fazer xixi. é a primeira coisa que faz quando chega em casa. isso também talvez signifique algo, o xixi de juliano c. talvez seja forma simbólica de me dizer alguma coisa. tudo pode significar alguma coisa, são sinais, dizia o meu pai. não quero mergulhar nessa questão, é saco sem fundo, *bullshit*. quero manter, tento manter, preciso manter, olhar displicente sobre o mundo, postura *blasé*, como se as coisas não estivessem acontecendo comigo, fizessem parte de filme fantasioso e multicolorido e, maravilha das maravilhas, a única missão a nós reservada seja devorar o saco de pipoca que compramos na entrada. o cocô que produzo pode revelar particularidades de minha alma. amiga minha do curso colegial tinha personalíssima tese, talvez nem tão personalíssima assim, é provável que algum *ólogo* tenha falado/escrito a respeito: dizia, nos anos 70, "o homem se revela e se materializa por meio da merda." não sei de onde tirou isso, mas nunca consigo esquecer a cara dela, declamando a trágica sentença a colegas atarantados com tal bombástica revelação. acabou morrendo de overdose de éter e *banana split* e não sei exatamente se uma coisa teve a ver com a outra. talvez por isso, ou por puro autodidatismo, me flagre vez em quando contemplando os torpedos que libero religiosamente todas as manhãs. além de constatar o quão usina de merda sou (e somos), não consigo desvendar nada que não saiba a meu respeito, mas insisto, continuo olhando. talvez seja sintoma de loucura. vi num filme alguém dizendo que olhar a merda que se produz é coisa de doido, de quem está querendo mandar a razão à puta que o pariu. logo: quero encarar a merda que produzo até o fim dos dias. tenho pudores e não gosto que as pessoas vejam os meus excrementos. muito menos a pessoa que amo. amo? ok, juliano c. tem belo pau, fode bem, não tem mau hálito, fala pouco e lava bem o cu quando vamos trepar. é tudo que desejo de um namorado que devo mandar à merda assim que tiver um pouco mais de coragem, não o estou suportando mais. as formigas são mais felizes que os homens. continuam vivendo, repetindo comportamentos, não pensam em nada. e pensar, pensando bem, é nossa grande vantagem — e, também, a nossa grande desvantagem. já imaginou formiga olhando os próprios excrementos e achando que aquilo pudesse significar algo? também, e isso talvez revele grande vantagem em relação a nós humanos, não têm, parece, inconsciente coletivo. a nossa homofobia vem das gerações que nos antecederam. deus é homofóbico (embora o deus com quem converso virtualmente diga que nem tudo que se pensa e se fala de deus é verdade). eu também sou homofóbico. vivo em conflito. sempre que faço sexo oral e anal com desconhecidos em banheiros públicos, acho: vou ser fulminado por um raio na cena seguinte. as formigas sentem culpa quando fazem sexo oral com outras formigas? nunca li a respeito (provavelmente ninguém escreveu sobre) mas duvido que as formigas sejam homofóbicas. nem por isso tenho algum apreço por tais criaturinhas diabólicas, pragas urbanas abomináveis. em outra demonstração de aparente loucura, posso ser visto, vassoura na mão, balde de água na outra, tentando afogá-las, esmagá-las. juliano c., sacana, safado, ri de minha aparente loucura, mas não tou nem aí. sinto-me feliz quando as vejo morrendo aos milhares, penso que venci, ledo engano, dia seguinte estão lá de novo, exército de energia inesgotável, em busca do açúcar que as nutre. as formigas teriam diabetes? as formigas teriam diabetes? o avião vai cair? o avião vai cair? o avião vai cair? o avião vai cair? a questão, mais candente, me arrebata o cérebro — que as formigas se fodam com o excesso de glicose que consomem. a pergunta martela minha mente: o avião vai cair? o avião vai cair? vou me foder? vou me foder? ouço: — *frango ou massa?* olho para o alto (as aeromoças, por mais feias que sejam, nos vêem sempre de cima, superiores!), dispenso a comida. isso me dá certa felicidade. costumo comer coisa melhor em casa, seja por via oral ou anal (penso, inevitavelmente, em juliano c. e tenho leve ereção). a sensação de superioridade é ainda maior quando vejo os colegas de bordo mergulhando gulosamente naquelas marmitinhas malcheirosas e de gosto insuportável. penso 1: — *bando de miseráveis... comendo esses dejetos que as companhias aéreas nos servem... porcos, as formigas podem ter diabetes mas, com certeza, evitam sobras das comidas servidas a bordo de aviões...* olho um senhor gordo a poucas fileiras de mim e sinto nojo da gula com que mergulha em algo parecido com lasanha ao sugo e, ao mesmo tempo, enche o rabo de cerveja e vinho tinto. penso 2: — *daqui a pouco, quando o avião cair, toda essa comida que esse velho babão está devorando vai sair pelo buraco que vai se abrir na barriga dele...* ouço de novo: —*frango ou massa.* digo (e isso me enche o peito de orgulho): — *não, obrigado.* o avião vai cair? o avião vai cair? o avião vai cair? a pergunta me martela o cérebro. tento escapar (olho para a página 407 do livro que tenho à minha frente), finjo ler... "acho que eu levei tempo demais para largar o catolicismo. devia ter caído fora com dez anos." é o máximo que consigo ler, na verdade reler, já reli este pedaço dezenas de vezes. detalhe curioso: os passageiros ao meu lado, mulher de cabelos vermelhos e cara de bruxa e homem coxo de óculos escuros e cicatriz na testa, que me olhou com raiva quando entrei no avião e já tomou uns dez uísques, parecem totalmente entorpecidos, cochilam, e frustram a aeromoça, louca para enfiar mais porções de comida envenenada goela abaixo de mais dois incautos passageiros. a aeromoça insiste: — *senhores, frango ou massa?* frango ou massa, cara pálida? frango ou massa, cara pálida? viver ou morrer, cara pálida? juliano c. ou andré, cara pálida? juliano c. ou andré? o amante ou o filho, cara pálida? o avião vai cair, cara pálida? juliano c. ou andré? juliano c. ou andré? não quero pensar nisso agora, cara pálida... não quero pensar nisso agora.... prefiro pensar na possibilidade de o avião cair e eu virar caviar para tubarões priápicos de fome... priápicos de fome... merda de frase... mas, acho, já escrevi isso em algum lugar, talvez em artigo para revista cabeça, em que falava da crônica miséria brasileira... priápicos de fome... alguém que escreve algo assim merece morrer, ser devorado por tubarões priápicos de fome... juliano c. ou andré? andré ou juliano c.? andré é meu filho, porra, estou indo conhecê-lo agora, faz vinte anos hoje, não queria saber de mim, soube que era pai dele há pouco tempo e parece me odiar, mas quero conhecê-lo, quero tê-lo, quero possuí-lo, não importa que ele envie e-mails desaforados. quero andré. talvez como amante, é mais jovem e deve ser mais bonito que o juliano c. andré ou juliano c.? juliano c. ou andré? andré faz vinte anos hoje, estou (estava?) indo para o aniversário dele... talvez por trás do grosseirão e insensível que teima em me agredir exista rapaz sensível que goste de ler, levo (levava?) *dom quixote*, de miguel de cervantes, de presente. espero que goste, é o livro de minha vida... mas gostaria, pretensiosamente?, de me dar a ele... de me entregar a ele, de possuí-lo. porra, será que estou me apaixonando pelo filho que ainda nem conheço? merda. estou querendo trepar com meu filho? merda! percebo o olhar da vizinha do lado, os olhos de bruxa dela fazem cócegas na minha nuca e posso perceber, mesmo sem virar o rosto: tenta radiografar minha alma, percebe a dúvida hamletiana que me sufoca o peito. o meu filho ou meu amante? o meu filho e meu amante? o meu filho é meu amante? não posso controlar meu pensamento: o avião vai cair? o avião vai cair? a bruxonilda varre com os olhos a página do livro que finjo ler. meus dedos doem, e noto: dois deles estão superpostos e cruzados, em supersticioso gesto milenar (eu presumo). é reflexo condicionado: sempre faço isso em momentos de pânico. quando o avião parece de papel e se entrega às turbulências e aos maus humores de deus (... deus não tem senso de humor... deus é homofóbico... deus é canalha... deus é virtual e gosta de receber e-mails de gente como eu, como nós), cruzo os dedos. alivio-me temporariamente. já brinquei em mesa de bar: — *vai ser fácil de me identificarem em caso de acidente aéreo. serei aquele, entre os escombros de corpos carbonizados e dilacerados, que estiver com os dedos da mão direita cruzados* (não sei por que diabos concluí que os dedos da mão esquerda cruzados não salvam ninguém de morrer violentamente nessas gaiolas infectas que cruzam os céus do planeta). descruzo os dedos por um segundo e o avião balança. tudo treme. treme como a bunda de andré, ato falho, queria dizer juliano c., quando juliano c. aterrissa sobre o meu caralho, em noites de orgia e drogas. o cara da cicatriz na testa derrama uísque (deve ser o décimo que toma) na calça da bruxa de cabelos vermelhos, que nem ouve quando o homem lhe pede desculpas. prova evidente, concluo:

o destino dos quase duzentos passageiros está nas minhas mãos. melhor: nos meus dedos. volto a cruzá-los, com convicção e vigor. eu e o coxo da cicatriz cruzamos rápidos olhares. olha-me com raiva (ou seria desejo? já pensei a respeito: o homem tem raiva daquilo que deseja, logo o homem branco racista, no fundo, no fundo, deseja ardentemente o homem negro). aeromoça interrompe bruscamente: — *algo mais para beber, senhor?* penso, mas não falo: — *o seu sangue, sua puta, o seu sangue...* consigo (ainda) ser civilizado: — *sim, obrigado, água mineral com gás, por favor.* as comissárias de bordo recolhem rapidamente copos e pratos. os sinais luminosos, desesperados, avisam: — *apertem os cintos.* um bem próximo de mim, mais assustado, pisca freneticamente: — *apertem os cintos, vocês vão morrer... vocês vão morrer...* penso em juliano c., reconsidero a possibilidade de continuarmos juntos (depois de ver minha merda na privada, deve estar se masturbando em algum chat na internet, o safado), penso em andré (deve estar feliz comemorando o aniversário, nunca vai ler *dom quixote*, de miguel de cervantes, nunca vai me amar como mereço. não o conheço ainda, mas tenho muito amor por andré, cara pálida, muito amor. quero transar com meu próprio filho. quero? atire a primeira pedra aquele que nunca pensou em transar com o próprio filho, ou com a própria filha! não concordo com esses bundões que dizem: sexo é uma coisa, amor é outra. já pensei sobre isso, quero trepar com quem amo, porra!). uma voz impessoal avisa: — *devido a forte tempestade, estamos voando em círculos, esperando autorização para pousarmos em salva-*

dor... em caso de impossibilidade de aterrissarmos na capital baiana, os senhores serão imediatamente avisados. o nosso serviço de bar continua à disposição dos senhores... agora tenho três certezas: 1) o avião vai cair. 2) estarei morto em poucas horas, talvez minutos. 3) vou largar juliano c. e assumir meu amor por andré. ato contínuo, dedução lógica e dedutiva, constato: vou morrer, logo não vou poder assumir meu amor por andré. e exatamente neste momento o desespero toma conta de mim: morrer é não poder conhecer andré. não poder conhecer andré é morrer. morrer é não poder conhecer andré. não poder conhecer andré é morrer. é o meu mantra nesta hora final: *morrer-é-não-poder-conhecer-andré-não-poder-conhecer-andré-é-morrer.* com canto de olho vejo aeromoças se embriagando com campari e vodca. uma delas abre a cabine de comando e constato: os pilotos também bebem — talvez estejam no décimo uísque, como o coxo da cicatriz na testa que me olha com raiva e desejo. a bruxa que dormia (ou fingia dormir, a puta?) ao lado acorda do torpor, com som (tem voz de gralha, de vilã de desenho animado), olha para os lados, com pupilas dilatadas de pânico, chama deus de canalha, dá tapa no meu ombro, diz que vamos morrer, que o avião vai cair, pede que nos arrependamos de nossos pecados e discursa:

— *este é o último minuto de nossas vidas...* o cara da cicatriz na testa que me olha com raiva e desejo dispara, com a sede de viver de quem acaba de sair do fundo do mar, depois de horas tentando se salvar, uma ave-maria atrás da outra, em ritmo alucinado. limito-me a torcer nervosamente as mãos e a repetir para mim mesmo: — *morrer-é-não-poder-conhecer-andré-não-poder-conhecer-andré-é-morrer.* voz impessoal (mas totalmente bêbada, não preciso bom ouvido para perceber) avisa: — *temos duas notícias para os senhores, uma boa outra ruim. primeiro, a notícia boa: estamos sobrevoando o mar da bahia e vocês podem apreciar a bela paisagem através das janelas... segundo, a notícia ruim: nosso combustível acabou e em menos de dez minutos cairemos no mar. resumo da ópera: em dez minutos, estaremos todos mortos...* e andré, e andré, e andré, e andré, e andré, e andré, e andré, e andré, e andré...?

passageiro três

avemariacheiadegraçaosenhoréconvoscobenditosoisentreasmulheresbenditoofrutodovossoventrejesussantamariamãededeusrogaipornóspecadoresagoranahoradenossamorteamémavemariacheiadegraçaosenhoréconvoscobenditosoisentreasmulheresbenditoofrutodovossoventrejesussantamariamãededeusrogaipornóspecadoresagoranahoradenossamorteamém. puta que o pariu! tou rezando, caralho! tenho essa mania. mas sou ateu, porra, ateu. deus é um grande canalha, um grande canalha, criou a gente e se mandou, nos deixou penando nesse vale de lágrimas. um canalha! mas não perco a mania, sempre que estou em pânico, rezo. ave maria, padre nosso, é automático, sai. avemariacheiadegraçaosenhoréconvoscobenditoofrutodovossoventrejesussantamariamãededeusrogaipor... bosta! é sempre assim. foi sempre assim. quando aquele acidente de merda me levou os membros inferiores (prefiro chamá-los assim...), não parava de rezar para deus e todos os santos do zodíaco. não fui atendido, nunca fui, e não serei ouvido agora e a porra deste avião vai cair no mar e eu me partir em mil pedaços. não quero morrer. não quero morrer. não agora, não agora. toda vez que entro no avião, penso que a porra pode cair comigo dentro. será que vai ser agora na hora de nossa morte amém? já estou meio bêbado, tomei três cervejas no aeroporto e dois uísques a bordo. li uma vez: é muito mais fácil ficar bêbado aqui em cima do que lá embaixo. o álcool entra com maior rapidez na corrente sangüínea, a gente alucina mais rapidamente, a morte dói menos. será por isso que as aeromoças estão nos servindo com tanta presteza? elas querem nos embebedar para que relaxemos e morramos mais tranqüilos. filhas da puta! vão morrer como todos nós, mas sorrindo colgatemente, as vacas... empurro mais um uísque goela abaixo: a possibilidade de morrer já me parece mais interessante, por que não? livrar-me-ia de montes de problemas, não teria mais de encarar certas pessoas, não precisaria foder com minha mulher todos os sábados nem demonstrar erudição a alunos estúpidos e leitores idem. ia ser bom, ia ser bom, ia ser bom, ia ser bom. ia me livrar de ana, por quem os meus sinos já dobraram mas hoje é inimiga íntima, mãe de meus dois filhos, sem precisar pedir divórcio. odeio acabar relacionamentos, me dói demais, aos 42 anos, é o meu segundo casamento. a primeira mulher, lia, me abandonou. preferi assim. me trocou por um homem mais velho, mais experiente, saiu batendo a porta e repetindo: — você é um babaca do pau pequeno. foda-se, foda-se, foda-se... o fruto donossoventrejesussantamariamãededeusrogaipornóspecadoresagora... porra, porra. o mantra religioso volta à minha cabeça mas ainda ouço lia gritando foda-se, foda-se, foda-se... ela sorrindo com a boca cheia de dentes e os cabelos vermelhos de bruxa de desenho animado, vai comemorar minha morte (mocréia! meméia! mocréia! meméia!), vai gargalhar quando vir meu nome na lista dos mortos que os jornais de amanhã vão divulgar. foda-se você, foda-se você, foda-se você! pau pequeno é a puta que te pariu... foi aquela frase em tom de desprezo que acabou comigo: — você tem pau pequeno, você tem pau pequeno! homem nenhum quer ter pau pequeno e muito menos ouvir que tem... as mulheres sabem disso. todas as cachorras que querem pisar nos nossos egos dizem isso quando saem de casa, embora possamos ter caralhos que vão até o meio das pernas... mas preferi que lia tivesse ido embora, se não tomasse uma atitude, talvez estivesse com ela até hoje. ninguém tem pena de mim, mas eu tenho pena de todo mundo. ana e lia murcharam, as mulheres, como as rosas, também murcham, estão feias, gordas, perderam o viço, vivem fazendo reposição hormonal, as vacas. mas continuam chatas, tenho nojo de ana, tenho nojo de lia, tenho nojo de ana, tenho nojo de lia, tenho nojo de ana... tudo treme ao redor, como as carnes de ana quando enfiava o caralho na bunda dela... tenho nojo de ana, tenho nojo de lia... fodam-se... você tem pau pequeno... e ana 2, onde andará? os sinais luminosos estão todos acesos, histéricos... o avião balança, meu copo de uísque pela metade (pedi mais um) cai no colo da passageira ao lado que tem cara de ninfomaníaca, tem cara de lia, tem cara de lia, tem cara de ana, tem cara de ana, tem a cara de todas as vacas com quem fodi... na verdade, foram elas quem me foderam... peço desculpas mas a passageira ao lado parece em alfa, finge que dorme. conheço o truque. as pessoas fingem que dormem quando não querem conversar com o vizinho de viagem. mas não quero conversar com ela, quero apenas pedir desculpas, sujei a calça dela, mas ela não ouve, está longe dali, talvez pensando que daqui a duas, três horas (ou enquanto durar o combustível) estaremos todos mortos, dentro de caixões lacrados para que os parentes não vejam o estado deplorável em que ficarmos. os outros passageiros, o avião está lotado, parecem conformados, fingem ler jornais, folheiam livros, conversam sobre assuntos variados, riem até. no fundo estão se mijando de medo... olho em volta... o passageiro do corredor tem cara de viado... tenho nojo deles, agora que vou morrer, tenho de admitir: odeio essa raça, passei a vida escrevendo textos politicamente corretos, mas agora posso dizer, berrar: odeio homossexuais: são mulheres com pênis. odeio mulheres (são boas apenas para foder!) e odeio pênis, logo odeio duplamente os gays. o viado deve estar tão apavorado quanto eu, mas teima em ler um livro, compenetrado, superior, são oito da noite mas não tira os óculos escuros da cara, um viado... os viados são todos iguais, todos fingem ler livros quando percebem que o avião em que voam pode cair no oceano. olho pela janela, a noite é escura, na asa do avião vejo lia, ana 1 e ana 2, abraçadas, às gargalhadas, e se beijam na boca. todas as mulheres são lésbicas. começo a ficar impaciente, por que essa porra não cai logo? uma voz impessoal avisa: — devido a forte tempestade, estamos esperando a autorização para pousarmos em salvador... em caso de impossibilidade de aterrissarmos na capital baiana, os senhores serão imediatamente avisados. o nosso serviço de bar continua à disposição dos senhores... é a morte, é a morte, é a morte, é a morte, é nahoradenossamorteamémavemariacheiadegraçaosenhoréconvoscobenditoofrutodovossoventrejesus. merda! por que os pilotos não desligam tudo e nos matam de vez? estão nos embebedando. Foi assim num acidente que houve na amazônia nos anos 80. morreram todos bêbados, relaxadérrimos... aeromoças circulam entre as cadeiras, sempre sorridentes. vacas! foram treinadas para nunca entrarem em pânico, sabem que vamos morrer (elas também, as comissárias de bordo também morrem, também vão ter os fêmures perfurando os pulmões e os cérebros transformados em suflê de abacate) e riem... uma delas me traz mais um uísque e pergunta: — algo mais, senhor? penso (quase grito): — quero dançar rock'n'roll em cima de seu escalpo, sua piranha! mas contenho-me: afinal é o quarto, ou seria o sétimo?, drinque em hora e meia de vôo... o gosto é horrível, mas à medida que o líquido desce esôfago abaixo, enorme sensação de felicidade toma conta de mim. lembro de ana 1 com saudade, ela gostava de mim, talvez eu tenha sido o único homem da vida dela... teve aquele tal de vicente, com quem fez viagem para fernando de noronha e parece que foderam. nunca me contou nada, a cachorra, mas a mulher que trai se trai, a culpa fica marcada no rosto como se fosse cicatriz, indelével como a minha. ela voltou com enorme cicatriz no rosto, mas, culpada, me trouxe presentes, me encheu de mimos. puta! capitu de araque. mas mulher é tudo igual, umas fingidas. a gente acaba ficando com elas, se vicia, se acomoda, tinha vontade de abandonar ana 1 sempre que voltava para casa e descobria uma polegada a mais ao redor da cintura dela... dos quadris dela... dos peitos dela... deus é muito cruel com as mulheres, convosco e comigo também. dia a dia ia vendo o tempo destruir inexoravelmente o corpo de ana 1, os seios de ana 1. evitava comentar, mas já no quinto ano de casamento passamos a foder burocraticamente, comia minha mulher e pensava em gostosona qualquer que via na rua ou na tevê. minhas pernas, ou o que restou delas, doem. depois do acidente, viajar de avião é uma tortura, isso aqui parece caminhão carregando gado. chove muito lá fora, o avião parece folha seca-molhada ao vento e agora percebo: pânico velado começa a se instalar a bordo. somos bois indo para o abate. foi no que nos transformamos: em bois. a única diferença é que podemos encher o cu de uísque e fingir que não somos bois e que não estamos indo para o matadouro. o viado ordinário que senta no corredor não muda a página do livro que lê há horas. deve estar morrendo de medo de morrer, o filho da puta, mas finge bem, agora pede água para beber: água mineral com gás. tenho vontade de dar um tiro no sacana. eu ali me esvaindo em delírios, descendo a quinta ou sexta dose de uísque goela abaixo, pensando com quantos homens ana 2 estará fodendo agora, e o cara pede água mineral com gás. porra!!! aposto como o viado deve beber água perrier com canudinho na porra da casa dele. tudo treme. os sinais luminosos piscam histericamente. as comissárias reaparecem pedindo calma e distribuindo cobertores: as putas querem que morramos cobertos. pego um cobertor, desisto do álcool e tento dormir. talvez seja a melhor saída: morrer dormindo. mas o sono não vem. fecho os olhos. penso: o choque com o solo vai ser tão violento que viraremos todos uma pastosa bosta de vaca. vou ficar tão irreconhecível que talvez me enterrem como se fosse a mulher do lado. Imaginei-me tendo um marido enlutado chorando a mulher morta e eu dentro do caixão dela, carbonizado, sem poder falar, gritar: — eu sou João, vocês estão chorando o morto errado... mas lembro logo: não vão ter dificuldades em me identificar: tenho indelével cicatriz na testa (e não é de culpa por ter traído ana 1 mil e uma vezes; a função da mulher é parir; a do homem é trair). se sobrar algo de minha cabeça, a identificação fica fácil, fácil, não vão precisar nem apelar para exames na arcada dentária — sempre tive medo de dentista e não é depois de morto que vou deixar de ter. e se minha cabeça virar grande paçoca, o meu corpo me livrará de caixões e lágrimas erradas: minhas não-pernas são marca personalíssima. além disso, morrerei abraçado às minhas muletas e todos saberão quem de fato sou. ninguém tem membros inferiores como os meus, garanto. mas isso é uma outra história. não quero pensar nisso agoranahoradenossamorteamémavemariacheiadegraçaosenhoréconvoscobenditosoisentreasmulheresbenditoéofrutodovossoventrejesussantamariamãededeusrogaipornóspecadores agoranahoradenossamorteamém. na primeira fila, senhor magro que acho que já vi em algum lugar pergunta em voz alta a uma aeromoça: — já estamos voando em círculos há mais de uma hora, quanto tempo mais temos de combustível? a mulher não perde a pose e mente (sei que está mentindo e vamos todos morrer daqui a alguns minutos): — não se preocupe, senhor, temos combustível suficiente para ir a nova york. relaxe! a mulher do lado parece despertar de sono profundo, me olha com olhar de desprezo e grita: — por que vocês não gritam? vamos todos morrer! gritem! as frases explodem como bombas napalm. as aeromoças correm. mulheres gritam. homens choram. crianças berram. homem sentado na mesma fila que eu, no corredor, apenas torce nervosamente as mãos. vamos morrer, estamos todos fodidos e o viado torce nervosamente as mãos. eu, com o desespero tomando conta de minha alma, não vacilo: assumo que acredito em deus desde criancinha, fiz primeira comunhão, fui coroinha, faço qualquer coisa para não morrer agora. berro com toda a força dos meus pulmões e com toda a convicção religiosa que quase um litro de uísque me proporcionou:avemariacheiadegraçaosenhoréconvoscobenditosoisentreasmulheresbenditoofrutodovossoventrejesussantamariamãededeusrogaipornóspecadoresagoranahoradenossamorteamém

1997

OlivrodeMaria

04:15h

interior de avião sete-quatro-sete (*se fosse meu pai, jogaria no bicho amanhã mesmo*), cento e cinqüenta e quatro pessoas e nove tripulantes a bordo. luzes apagadas, menos as das saídas de emergência. trilha sonora: faith no more. pessoas tentam gritar mais alto que mike patton — não conseguem. (*há iguanas, coelhos e cavalos a bordo, mas são minoria e não incomodam ninguém: jogam pôquer na cauda do aparelho.*) burburinho, frenesi, aeromoças correm apavoradas, trôpegas, bêbadas. minha cabeça explode e pedaços de melancia voam em todas as direções. mulheres, vestindo trajes em tons de vermelho e preto, choram como carpideiras de velório, ao lado de caixões lilases, que ocupam várias poltronas da aeronave. aeromoça sósia de judith malina cospe sobre corpos que caem dos compartimentos de bagagem. crianças se esbofeteiam. turista japonesa vomita sushis e sashimis pelo nariz, pelo ouvido, pela boca e pelo ânus: o marido, excitadíssimo, fotografa tudo, nikonicamente, e devora os dejetos culinários da mulher. brancos esfaqueiam negro cego na fila quinze, dançam sobre o cadáver, bebem gim-tônica e repetem sem parar: *ai rêite istive uônder, ai rêite istive uônder, ai rêite istive uônder!* não gostaram do jeito, fixo, com que a vítima os encarava (*os pretos são maus, o bicho-papão é escuro como noite sem luar, minha mãe repetia, ameaçadoramente, quando teimava em ficar até mais tarde no baile dominical*). velho gordo sai de um dos banheiros (*é meu pai*). está nu. tem pedaço de papel higiênico sujo de bosta nas mãos. alguém grita: — *luz sobre a cabeça do homem!* ele fala: — *dei a última cagada de minha vida.... não vou cagar nunca mais... acabou. cansei de ser usina de merda... vejam como a nossa merda fede...* tenta esfregar pedaço de papel no rosto de alguns passageiros. mulher loira grita histericamente (*é minha mãe*): — *quero cheirar sim, quero cheirar, quero cheirar..* homem e mulher vão para o fundo do avião e cheiram o pedaço de papel com volúpia e gula, como se aspirassem cocaína. dezenas de outros passageiros e a aeromoça-com-cara-de-judith-malina aderem à farra. o som de faith no more é cada vez mais alto. aeromoça, seminua, apenas sutiã, salto alto, olho de vidro e perna de pau (*é minha filha, laura*), pára na porta da cabine dos pilotos, bebe gole de vodca e discursa (*faith no more prossegue em BG*): — *eu, laura diegues, tenho o orgulho de apresentar o monólogo da aeromoça bêbada. sempre pensei em encená-lo. comecei a imaginá-lo quando fazia viagens internacionais para a europa e para os estados unidos e tinha de varar madrugadas sentada na cauda do avião, rezando para o tempo passar rápido e a porra do avião não cair... aprendi a cultivar profunda raiva pelo ser humano. concluí que, à imagem e semelhança de deus, somos todos canalhas. enchi o saco de engolir em seco a canta-*

da de velhos babões como o senhor aí da fila dez. sim, o senhor mesmo! filho de uma égua (cansei de ouvir minha mãe gritando isso para o meu pai. ou seria o contrário?)! talvez broxassem na hora h, talvez broxassem na hora h, talvez broxassem na hora h... (*problema técnico: parecendo disco riscado, passa a repetir a frase mecanicamente; colega, solidária, lhe esbofeteia a face; aeromoça oferece a outra, é esbofeteada de novo, e prossegue*) mas era o prazer de nos pisar. frango ou massa, senhor? frango ou massa, senhora? chega! cansei de ser chamada de puta... putas são as mulheres de vocês, as vacas das mulheres de vocês, as filhas de vocês, as vacas das filhas de vocês. seus merdas! uma vez um homem me estuprou de madrugada num vôo rio-madri (meu primo bernardo tentou me estuprar duas vezes, na terceira relaxei, e gozei). me cercou no corredor, tirou o pau para fora e me fodeu a dez mil pés de altura (sempre sonhei em ser estuprada assim, tipo o céu é o limite), a dez mil pés de altura. merda ainda pior: gozei, gozei, gozei duas vezes! levava meses para ter orgasmo com meu marido e logo na primeira vez consigo gozar, com cara que nunca havia visto antes... a justiça divina é uma farsa... pausa para respirar. os passageiros gritam. também gritamos, eu e os outros dois passageiros da fila dez: o coxo-da-cicatriz-na-testa e o gay — que-finge-ler-livro-de-don-delillo (*ou seria decillo?*). na fila doze garota diz para amiguinha: — *vamo morrê, vamo morrê... você tá com a calcinha furada... você vai morrê com a calcinha furada.... você vai morrê com a calcinha furada, êêêêê... papai do céu vai ver seu fiofó, vai ver seu fiofó...* (na minha infância os homens não tinham cus, tinham fiofós) aeromoça retoma discurso, dirigindo-se às duas meninas: — *e as crianças? como vocês duas, suas putinhas!*

teremos de suportá-las para sempre, com mimos e paparicos? não, não e não! mil vezes não! *digníssimos pais, lamento informar, os senhores estão criando assassinos de shopping centers e serial killers...* (abro janela no computador e vejo joaquim matando, a barros de chocolate, pessoas no escuro do cinema; — *joaquim, joaquim, joaquim, já pedi tanto a você para não bater assim na laurinha... pelo amor de deus, você está machucando laurinha, joaquim, joaquim...*), *você aí, garotinho da cara de bunda da quinta fila, é você mesmo, vai acabar matando a mãe, o pai, a família... passou o vôo inteiro torrando o meu saco...* o menino citado levanta o dedo médio e, em riste, o exibe, com raiva, para platéia em transe. pais do garoto o imitam. aeromoça prossegue: — *vocês são a escória da raça, merecem o destino que vão ter. vamos todos cair no mar e virarmos comida de tubarões. agora, em vez de aeromoças solícitas perguntando se querem frango ou massa, coca ou guaraná, ouvirão tubarões se perguntando:* — *homem, mulher ou criança? todos vocês queimarão no fogo do inferno...* (eu não, eu não, eu não... sempre fui devota da virgem maria, pelamordideus, me livra dessa, morro de medo de lúcifer e de seus asseclas, comungo todos os meses, sou garota exemplar, um amor de menina) a aeromoça sai pela porta de emergência. passageiros tentam escapar pelo mesmo buraco; não conseguem. o pânico volta, faith no more toca *zombie eaters* (baixa a merda desse som! — berro; joaquim nem liga, pensei em matá-lo por causa disso, o meu próprio filho, mil vezes). silêncio profundo se estabelece em seguida. agora conversas ocorrem em voz baixa, há padre (*é luiz, meu ex-marido*) confessando pessoas no banheiro dos fundos. coro de vozes femininas entoa lucy in the sky with diamonds, não se ouve mais o som de faith no more (*joaquim viajou*). na fila dezenove, o coxo, o gay e eu conversamos em voz baixa, comemos caviar iraniano e bebemos água perrier. o gay fala: — *ia para o aniversário de 20 anos do meu filho...* eu, **lasciva**: —*como se chama o garoto, é assim doce como você...?* (doce, uma merda, deveria dizer gostoso, nem em sonho consigo dizer as palavras exatas!!!) o coxo interrompe: — *viado agora se reproduz, é?* o gay contra-ataca: — *nos reproduzimos sim senhor. tá pensando que não percebi seu olhar de desejo durante toda a viagem. você deve ser daqueles homens que fazem discursos homofóbicos durante o dia e chupam caralhos e dão a bunda durante a noite. conheço o tipo* (eu também, luiz, soube depois, *também fazia dessas coisas após se despedir com beijo na boca e a promessa de me trazer sorvete de papaya com cassis na volta*). **compreensiva** (*sou mãe, sou mulher, é meu papel social*), tento **apaziguar os ânimos**: — *para que brigar, meninos, se vamos todos morrer daqui a pouco? vamos nos entender...* (é o mesmo papo que tenho com laura e joaquim, quando resolvem se matar e bater boca no meio de uma nada estimulante tarde de domingo). no resto do avião as pessoas também conversam em voz baixa. diante do confessionário improvisado pessoas fazem fila, ordeiramente. o pânico passou. a aerovelha-com-cara-de-judith-malina canta clássicos new age e distribui estampas com imagens de são sebastião. todos encaram a morte com absoluta tranqüilidade, como se esperassem o táxi que chamou pelo telefone. eu, agora trajando vestes da virgem maria, em tons de azul e branco, as mesmas que usei na primeira comunhão, insisto: —*dêem-se as mãos, dêem-*

se as mãos, não briguem, o fim chegou, é tempo de perdoar desafetos, de beijar a boca dos que odiamos... de chupar os pênis dos nossos algozes... (sempre tive vontade de falar algo assim na hora que ia para a frente da classe e era obrigada a proferir mensagem de otimismo para os colegas; a professora leny nos obrigava a isso todas as sextas-feiras no início dos anos 60)... o gay e o coxo se olham e se abraçam (joaquim e laura, meus filhos queridos...). tenho vontade de chorar. choro. os meus seios também. os mamilos rompem blusa de cetim azul e lacrimejam. segundos depois, lágrimas secam e, milagre, milagre, milagre, milagre *(os passageiros do avião gritam em coro, extasiados)*, milagre, milagre, nascem duas, três, dez, mil rosas vermelhas. eu as colho e as jogo sobre mortosvivos que me cercam. há êxtase geral. o gay e o coxo cumprimentam-se efusivamente. a japonesa que vomitava sushis e sashimis pelos olhos, boca, ouvidos e ânus abraça o marido e pede que os fotografe: faço com prazer. exclamo: a morte está solta! voz impessoal interrompe tudo: — *senhores passageiros, comandante guevara (ai, ai, ai, quantas vezes não gozei só por ter um livro sobre a guerrilha guevarista no meio das pernas!!!) falando, temos duas notícias para os senhores, uma boa e uma ruim. a boa: a torre de controle liberou nossa descida no aeroporto. a ruim:* — *não vamos mais morrer.* um grito de dor ecoa por toda a aeronave, da fila a até a fila z, todos berram. eu também. tão alto que acordo. abro o olho. olho o relógio no meu pulso direito: 06:07h. merda: estou viva.

06:08h

fecho o olho. não quero ver. não quero me ver. não quero ver você. tento retomar o sono. tento retomar o sonho. preciso dormir mais cinco, dez horas, preciso sonhar mais cinco, dez horas, estou, sou, trapo, molambo, fruta caída do galho, podre, passada, pisada. letra de bolero de valdick soriano perde. não quero pensar nisso agora, não quero pensar nisso nunca mais, não quero pensar nisso agora, não quero pensar nisso agora. não posso controlar meu pensamento, não posso controlar meu pensamento. não posso controlar nada. sou marionete na mão de titereiro bêbado. concentro-me em algo infantil, tipo contar carneirinhos. em vão. no vigésimo animalzinho, já vejo o que não devo, o que não quero, o que quero esquecer. objetivo final: sumir da face da terra, quebrar todos os espelhos da casa, dos apartamentos da vizinhança e do planeta terra, dormir para sempre, não lembrar de nada, ser sugada pelas narinas de tamanduá-bandeira gigante e desaparecer. digo duas, dez vezes, até virar mantra: *hojedoisdeagostonãocompletoquarentaeoitoanoshojedoisdeagostonãocompletoquarentaeoitoanos.*

a frase repetida é oração a um deus surdo, que finge não ouvir ninguém, que não tem piedade de nós, que não tira os pecados do mundo, que não nos dá paz. deus é fingidor. as palavras pulam no cérebro e, em vez de me fazerem dormir, funcionam como violino desafinado atravessando a medula espinhal, entrando pela nuca e saindo pela testa, levando junto miolos e pensamentos mórbidos. não completo quarenta e oito anos hoje e pronto. não quero completar quarenta e oito anos e estamos conversados. não quero completar quarenta e oito anos. quem lembrar a data mato a golpes de navalha. já matei um e posso matar outros. você duvida? então lembre, ainda que vagamente, que faço quarenta e oito anos hoje, e será uma pessoa morta. pego você, pego laurinha, pego joaquim, seja quem for, corto em mil pedaços e depois jogo para os porcos. tenho idéia melhor: convidá-lo-ei para tomar banho em tina cheia de álcool e jogarei fósforo aceso dentro. duvida que seja capaz de tamanha crueldade? que tal duzentos e vinte volts na vagina ou na ponta do pau? esqueceu como urrava quando lhe faziam isso nos porões do doi-codi? contava tudo, entregava todos os companheiros, a direção do partido em são paulo caiu inteira por causa de você. biltre. traidor. experimente me lembrar que faço quarenta e oito anos hoje e vai começar tudo de novo. você quer o doi-codi aqui e agora enfiando cassetetes eletrificados no rabo, quer? você será pessoa morta. maria diegues não faz quarenta e oito anos hoje. maria diegues não fará quarenta e oito anos nunca. enfio a cabeça embaixo do travesseiro, quero, desejo, é meu maior sonho de consumo, não quero nada, nada além, quero apenas meu cérebro e as plumas macias que recheiam o travesseiro se fundindo em mistura só, em massa só, em pasta só. melhor, vou ao médico pedir, implorar: doutor, doutorzinho, meu docinho de coco, dou-lhe tudo o que quiser, corpo, alma, vagina, mas me faça transplante, quero as plumas do travesseiro substituindo os meus neurônios. por favor, por favor, por favor... o quarto ainda está escuro, menos mal, mas a merda do relógio sobre a mesa-de-cabeceira tem visor fosforescente, lizandra trouxe do japão. se abrir o olho e olhar, posso ver buraquinho de luz anunciando no meio do breu do quarto: doisdeagostodoisdeagostodoisdeagostodoisdeagosto. a lizandra, aquela lésbica nojenta que diz me amar incondicionalmente (*e a quem amo também, muito, à minha maneira*), é capaz de aprontar alguma e lembrar da data. se fizer isso, será mulher morta e sepultada sob sete palmos de terra. sempre temi o tempo. as pessoas tinham medo do diabo, do inferno, do trânsito, da violência. eu não, sempre tive medo do tempo, sempre colado na gente, íntimo mas cruel, nos enchendo de cicatrizes e de rugas diariamente, hora a hora, minuto a minuto, segundo a segundo. estou mais velha agora do que quando abri os olhos há alguns minutos: isso me desespera, me enlouquece. tenho visões, premonições, sou maga, sou bruxa, sempre quis morrer jovem, sempre tentei morrer jovem, mas fracassei, estou velha, estou bruxa, ficarei murcha como uva passa, encarquilhada, empoleirada em cima de cadeira de rodas, implorando para limparem minha bunda, assoarem meu nariz, me darem banho e expulsarem meus maus odores. não mereço tal castigo. que crime cometi em outra encarnação? teria sido hitler, getúlio vargas, anne baxter em all about eve? deus é cruel. queria ter morrido na minha festa de debutante, linda, vestida de seda-pura rosa, sapatinhos forrados com o mesmo tecido, lábios frescos, olhos vivazes, cabelos negros como as asas da graúna (*agora são ruivos, já foram loiros e azuis, e caem a ponto de entupir o ralo do banheiro*). fiz bilhete, queria ser enterrada, com a roupa da festa, em caixão forrado com as fotonovelas estreladas por sandro moretti. que fim levou sandro moretti? o que estará fazendo sandro moretti agora, exatamente agora? era o homem de minha vida. em preto e branco, sufocado entre os quadrinhos malfotografados das revistas românticas, era o viúvo com quem sonhara a vida inteira. morreria jovem e bela e sandro moretti tomaria conta dos meus dois filhos, sandro e sandra, e todas as noites olharia para porta-retrato ao lado da cama e suspiraria de saudade. nunca mais ouvi falar dele, talvez nem tivesse existido, fosse apenas truque para nos deixar apaixonadas, obcecadas, querendo, loucas, comprar a revistinha do mês seguinte. os suicídios fracassados aos quinze, dezessete e dezenove anos foram sinais evidentes: os mortos não me queriam. os vivos também não, mas isso é outra história: não quero lembrar disso agora. quero dormir. quero sonhar. raio de luz começa a invadir o quarto. já consigo ver alguns móveis, o pôster de o bravo guerreiro na parede. tenho-o desde sempre, pereio enfiando revólver na boca em p&b e sangrando colorido. o filme era uma merda, como tudo que o cinema novo produziu e que luiz me obrigava a ver e, apaixonada, via. o cartaz me comove às lágrimas ainda hoje. a estante cheia de livros, mais de mil, metade não li, o luiz não quis levar. disse que iriam ajudar a me tornar mulher melhor. melhor em quê, seu merda? ler para quê? não lerei nunca. não quero ler livro nenhum. a chamada grande literatura tem utilidade terapêutica para quem a escreve, não para nós, leitores comuns, que gostamos de histórias com finais felizes, heróis sempre vitoriosos, vilões queimando no fogo do inferno, pagando todos os pecados. a literatura não deve ser a vida real. estou cheia, cheia, da realidade. quero sonhar. o que vocês, luízes, chamam de grande literatura? proust? cervantes? uns babacas. não entendo nada, absolutamente nada, do que escreve josé saramago. ganhou o nobel, mas é chato, de doer de tão chato. o livro da minha vida não é crime & castigo ou dom quixote, para citar dois livros que luiz, hoje crítico literário de grande jornal paulista, e toda a camarilha que o rodeia, adoram de paixão. luiz gaba-se de ter lido os dezessete volumes de a comédia humana, de balzac. adiantou alguma coisa? algo mudou nele? nada, nada, continuou o mesmo crápula de sempre. posso ser sincera com você, não vai dizer que sou burra, boba, anta, não vai me chamar de leitoa, de vaca? o livro da minha vida é a terceira visão, de lobsang t. rampa. já ouviu falar? abriu-me as portas da percepção. hoje sou capaz de radiografar a alma de alguém com simples olhar. radiografo almas

mas não conquisto corpos. nem quero. resignei-me com a parte que me cabe no latifúndio, quero apenas ocupar o meu lugar no espaço, nem um milímetro a mais. sei: cumpro carma. luiz me abandonou, saiu batendo a porta, me chamando de cadela possessiva, de bruxa. paulo e lizandra me amaram à maneira deles, gastaram emoções, escreveram bobagens românticas, me fizeram promessas de amor eterno. perderam tempo e gastaram munição à toa. não estava a fim. sabia: não me amavam coisa nenhuma. ninguém ama ninguém. a gente ama o que projeta no outro (*li isso em algum lugar e gostei*). precisei aprender a ser só. aprendi. hoje não troco meu quarto escuro por nada. saio apenas o fundamental. bato ponto no trabalho, empilho papéis, atendo telefonemas, finjo competência profissional, é fácil, é só não dormir sobre a mesa ou discordar das ordens dos chefes. ando a esmo, mato formigas, espanto lagartixas pelas ruas e revejo filmes de luís buñuel. não sei exatamente o que significam, mas as cores me hipnotizam, mesmo quando são em preto e branco, me deixam em transe. uma vez, ainda morava em são paulo, assisti a quatro sessões seguidas de o fantasma da liberdade sem piscar e sem ir ao banheiro. ao final da última sessão (*quando? você faz perguntas demais, sei lá quando*), tive crise de choro. fui do largo do arouche a pinheiros a pé, uma da madrugada. os carros passavam velozes na avenida rebouças e eu chorava, como só os pobres choram, via coisas, tinha visões, mas estava limpa, não me drogava havia dias, estava limpa, de cara, juro, mas via bois dirigindo fusquinhas, jacarés e crocodilos acenando das janelas dos prédios. (*sempre vi animais onde não devia. na primeira comunhão, o padre se transfigurou, virou imenso doberman negro que me enchia a boca de hóstias e latia, latia, latia, como um cachorro doido.*) o choro saía caudaloso, insuportável. cheguei em casa e apaguei: acordei dois dias depois, luiz batendo desesperado na porta do quarto pensando (*desejando seria o verbo mais adequado*) que estivesse morta. queria o mesmo acontecendo agora: dormir dois dias seguidos. e agora que luiz está morto e enterrado no meu coração, embora ainda viva por aí, mortovivo, engravidando virgens, enrabando travestis e infernizando a vida de uma tal de sônia, com quem casou no ano passado, ninguém me acordará. luiz nenhum vai me acordar, luiz nenhum vai me acordar, luz nenhuma vai me acordar, luz nenhuma vai me acordar. dormi de novo. maravilha.

07:10h

*t*um-tum-tum. tum-tum-tum. parece alguém batendo tambor dentro do cérebro. a súbita trilha sonora bombardeia hipotálamo e não combina com a imagem: noivas desfilam pela avenida marginal pinheiros, numa são paulo absolutamente vazia, erma, sem carros, sem homens, sem cheiro de morte, sem nada. vestem roupas amarelas e têm rostos idênticos. carregam liquidificadores, máquinas de lavar, imagens de santos e outras quinquilharias na cabeça. sou a última da fila. não tenho rosto, só corpo, membros e pele *(flácida e seca, odeio a minha pele)*. carrego rádio portátil mullard no ombro: escuto capítulo da radionovela o direito de nascer. de repente, o grupo dispersa. desço sozinha: caminho pelas águas límpidas do rio tietê. devoro peixes crus que me acompanham. emociono-me com a trama amorosa de isabel cristina e albertinho limonta *(sou chorona, choro até em transmissão de missa do galo, diretamente do vaticano, e em desfile de escola de samba)*. tum-tum-tum. tum-tum-tum. alguém continua a bater tambor. olho para os lados, não há nada olodúnico por perto. ao contrário, reina silêncio sepulcral. o único som é o radinho colado ao ouvido: mamãe dolores chora. isabel cristina chora. albertinho limonta chora. às margens do rio centenas de mulheres negras lavam roupa e também choram. *tum-tum-tum. tum-tum-tum.* o bater do tambor coincide com o movimento das lavadeiras batendo panos molhados nas pedras. *tum-tum-tum. tum-tum-tum.* o tambor, o tambor, o tambor, o tambor... ouço: — acorda, maria, acorda maria. tudo some (*a vida me ensinou: todos somem um dia*). acordo. descubro, apavorada: o tambor do sonho é minha mãe espancando a porta. mais alto: — *acorda, desocupada, vem trocar minha fralda, vem... mijei na cama de novo, mijei na cama de novo...* conto de um a dez, tento me acalmar, falo: — *minha mãe, peça à divina para fazer isso, estou muito cansada, preciso dormir mais um pouco, por favor...* a voz de gralha insiste (*a raiva cresce, seria capaz de matá-la?*): — *dei folga para ela hoje. não gosto dela, você sabe, prefiro você...* (*por que não? acho que seria capaz de matá-la, sim. por que não? por que não? por que não?*). é dia claro. o sol invade o quarto: revela milhões de partículas que infestam o ar, vírus, micróbios, bacilos, minúsculo universo paralelo que se expande ao nosso redor sem que nos demos conta, venenos e inimigos invisíveis (*na verdade, prefiro não vê-los, e não sabê-los, os inimigos*). o relógio sobre a mesa anuncia em letras garrafais, em neon de times square: *doisdeagostodoisdeagostodoisdeagostodoisdeagostodoisdeagostodoisdeagosto...* penso: o dia promete ser de cão. além de completar quarenta e oito anos ainda vou ter de trocar fralda suja de minha mãe? não posso controlar meu pensamento: não faço quarenta e oito anos hoje, não faço quarenta e oito anos hoje vou matar minha mãe vou matar minha mãenãofaçoquarentaeoitoanoshojenãofaçoquarentaeoitoanoshojevoumatarminhamãevoumatarminhamãeefugirparaoriocomofaziambandidosdefilmesamericanosdosanosquarenta voumatarminhamãeefugirparaoriocomofaziambandidosdefilmesamericanosdosanosquarenta. respiro fundo, falo, como se estivesse falando para laurinha quando tinha quatro anos e não queria dormir sozinha: — *mãezinha, mãezinha querida, vou logo, logo, por enquanto vá assistir a desenho animado. que tal ver o tom & jerry, que a senhora gosta tanto?* — não gosto mais. jerry se recusa a conversar comigo. tom também, está no cio, vive correndo atrás das gatas da vizinhança. não os vejo há dias. fala com raiva. acrescenta: — *além disso, a imagem da televisão está ruim... chuvisca o tempo todo...*

    mudo de tática: — *por que então a senhora não vai ouvir aqueles discos barulhentos que o joaquim deixou no antigo quarto dele?* com voz mais calma, concorda (*deus existe, deus existe de vez em quando, deu certo, desistiu, pelo menos por mais alguns minutos não vou ter de ver a cara dela. não pense que sou má, mas odeio minha mãe, quero fazer picadinho dela. se você tivesse mãe assim, sentiria a mesma coisa, garanto*): — ok. mas não demore. não gosto de ficar fedendo a mijo.

    estou cumprindo carma, cuidar de minha mãe até o fim é a pena que tenho de pagar, sou filha única, meu pai desencarnou há tempos, tenho de trocar a fralda, limpar cocô dela, dar banho. não faz nada sozinha, é criança de novo, vez em quando pede para que a coloque no colo e cante canção de ninar. estou retribuindo. é a hora de pagar a conta. todos têm de pagar a conta algum dia. o que custa colocar no colo alguém que um dia fez isso com você? voumatarminhamãevoumatarminhamãevoumatarminhamãe. nãopossocontrolarmeupensamentonãopossocontrolarmeupensamento.

    resolvo dispensar por alguns minutos a matricida que cresce dentro de mim e levantar (*preciso mesmo fazer isso? estivesse morta, como gostaria, não careceria fazer mais nada, dormiria eternamente. mas viver é meu carma. não tenho saída, todas as portas de emergência estão lacradas e o avião não vai cair. o avião nunca cairá comigo dentro. e se cair, serei, desgraçadamente, a única sobrevivente. me ajude, por favor*). puxo o lençol. não gosto do que vejo: minha pele tem flacidez e secura que nenhum hidratante resolve (*odeio minha pele, odeio minha pele, disse isso pela primeira vez aos 22 anos, quando, e lembro exatamente o momento, comecei a fenecer*). todas as manhãs ando a esmo pela cidade. ao ver bebê sentado em carrinho empurrado por pai e mãe, todos aparentando pura felicidade (*pelo menos por enquanto, pelo menos por enquanto... eu e luiz também já fomos assim, felizes, nos sentíamos quase imortais*), a inveja maior é da pele do bebê, não da felicidade dos sorridentes papais. nada dura para sempre. venderia minha alma ao diabo para voltar a ter pele de bebê. gosto da frase. repito: venderia minha alma ao diabo para voltar a ter pele de bebê. sento no computador e transformo a sentença em papel de parede:

    venderia minha alma ao diabo para voltar a ter pele de bebê.

    olho em volta e me dou conta: não estou sozinha. woodstock

de formigas, mais de mil, presumo, em orgíaca procissão, carregam restos de chocolate que não acabei de devorar na noite passada e que, displicentemente, deixei cair ao lado da cama. deito no chão e as observo mais de perto, quase em close: são miúdas, vorazes, disciplinadas e, aparentemente, corteses. no corre-corre e no vaivém frenético em que se agitam para levar o pão-nosso-de-cada-dia-delas para casa ainda encontram tempo para cumprimentos e salamaleques. tenho ímpeto de aplaudi-las. o hábito é cada vez mais raro entre humanos. quando saio para caminhar pela manhã, poucos, muito poucos, sempre velhos ou velhas, me desejam bom dia. ontem, absorta, mergulhada em mil e um pensamentos, envolvida nos meus dramas pessoais (*por favor, me ajude!*), cheguei a me assustar quando senhora baixinha com cabeça coberta por chapéu que lhe cobria até as orelhas, disparou: — bom dia. nos ignoramos, como se fôssemos de espécies diferentes. e somos. cada homem é um homem. não tenho nada em comum (*nem quero ter, é uma safada que usa pintura vulgar e recebe rapazes muito jovens em casa*) com a vizinha do lado, a não ser o fato de morarmos sob o mesmo sol e sob a mesma lua. concentro-me nas formigas. em exemplar divisão de tarefas, cada grupo carrega fatia do jantar de logo mais à noite, cercados por outras que, aparentemente, cuidam da segurança do transporte da mercadoria. há um vigor nelas que me excita. não devem viver mais do que quarenta e oito horas e parecem saber exatamente o que querem. eu, aos quarenta e oito anos, não tenho certeza de nada. talvez mate minha mãe.

talvez falte hoje ao trabalho. talvez vá ver filme no meio da tarde. habito o reino do talvez. o futuro parece enorme buraco negro. como minha vagina: vazia, oca, seca, impenetrada há milênios. durante o casamento com luiz tive poucos orgasmos, absolutamente esquecíveis. com paulo foi melhor. trepava comigo como se trepasse com outro homem. tenho impressão (*e posso, admito, estar redondamente enganada*): a volúpia com que dois homens se entregam ao ato sexual não chega aos pés da volúpia existente no ato sexual entre o homem e a mulher. o homem que me proporcionou os orgasmos mais espetaculares (*eu gritava, eu esbravejava, eu repetia frases desconexas, eu levava minutos para voltar à vida*) era homossexual. e não era homossexual qualquer, era convicto, resolvido, capaz de gozar sem sequer tocar no pênis, apenas pelo fato de ter alguém o penetrando. dá para entender? não, não e não. as formigas parecem ter mentes mais simplificadas. continuo deitada no chão, com boca, olhos e nariz a centímetros delas. de repente, idéia me arrebata: passar mel de abelha na vagina e esperar que as formigas façam fila para fazer sexo oral comigo. você deve estar pensando que enlouqueci. não, não estou louca. sou apenas mulher só (*socorro!*).

08:20h

Só — e absolutamente decidida *(pelo menos nesta cena)*. não penso duas vezes. corro até a cozinha, pego pote de mel de abelha e volto serelepe ao covil *(antes que minha mãe surja no meio do corredor, implorando para limpar-lhe a bunda magra e seca, e me impeça de cometer a doce loucura que planejo)*. hora do banho. não um banho qualquer, quero desinfetar cada dobra do corpo, tirar impurezas, destruir vírus, apagar vestígios de urina de minha vagina, arrancar qualquer sobra de merda que macule o meu ânus, arrancar qualquer sobra de merda que macule minha alma *(pode parecer poesia barata, mas sou assim, visceral, você verá!)*, fazer escalpo dessa pele velha, jogá-la na privada e dar uma, duas, três, mil descargas. que desça pelos esgotos da cidade, entupa bocas-de-lobo e não volte nunca mais. substituí-la-ei *(adoro mesóclises)* por pele nova, retirada de bebê recém-saído do ventre da mãe. pontada no baixo-ventre me traz de volta à realidade. preciso cagar *(talvez devesse usar a palavra defecar, mas não a suporto; era o verbo que meu pai e minha mãe usavam em casa nos tempos de minha infância)*, ato abjeto e revelador da real condição do homem: colossal usina de merda. meu pai costumava derramar frascos de perfume francês no banheiro que acabara de utilizar, tentando esconder os odores que emanava. fracassou inoxidavelmente. todos da casa sabiam quando expelia excrementos, o cheiro fétido era tão forte que tupã começava a latir no quintal. nem perfumando o ambiente meu pai conseguiu fazer com que eu visse alguma transcendentalidade (*se é que era isso que pretendia*) neste vil momento da existência humana. efeito paralelo: passei a sentir enorme ojeriza a aromas de qualquer natureza. odeio águas-de-colônia, desodorantes, sabonetes, essas bobagens todas que o homem criou para esconder o quão fede. banho-me com água, muita água, e bucha (*Luffa cylindrica*), planta da família das cucurbitáceas cultivada no quintal de casa, esfregada com força em todos os poros. talvez isso tenha sido fatal para o estado atual de minha pele: seca e flácida. mas sou mulher limpa, orgulho-me disso. não se pode ter tudo ao mesmo tempo. a pontada no baixo-ventre volta agora, sinalizando: não tenho tempo a perder. solto peido (*poderia escrever flato, tenho vocabulário rico, mas prefiro não*), adio um pouco a ignóbil prática, dou checada no correio eletrônico, não existem e-mails na caixa de entrada, mas, finalmente, sento no vaso sanitário, deposito burocraticamente meus excrementos, limpo-me com a rapidez de um raio e, ufa!, missão cumprida. se cagar fosse modalidade olímpica, seria recordista mundial: sou rapidíssima, o mais veloz esfíncter do velho oeste (*meu senso de humor, eventualmente inadequado e, às vezes, excessivamente masculino, é defesa, acre-*

dite, preciso utilizar alguma arma para me defender desse mundo hostil). hora do banho. não um banho qualquer, limpo cada dobra do corpo, tiro impurezas, destruo vírus, apago qualquer vestígio de urina de minha vagina, arranco qualquer sobra de merda que macule o meu ânus, arranco qualquer sobra de merda que macule minha alma. perco pelo menos quinhentos gramas e cronometrados quarenta e cinco minutos nessa faxina diária. é santo remédio para corpo e alma, nunca precisei fazer análise e quando o fiz quem dormia (*sintam-se vingados!*) era eu, não o psiquiatra. o ato de esfregar a minha pele com fúria me faz ter alucinações, premonições. resumo de minha equação esotérica: tarô e banho de bucha (*e, não nego, faço proselitismo de tal prática, dei até entrevista a um jornal local a respeito das vantagens terapêuticas do método*). agora mesmo, enquanto torrente de água desce sobre meu corpo e minhas mãos embuchadas fazem assepsia geral das minhas entranhas, vejo, detalhadamente: 1) minha mãe morta, estendida sobre a mesa da sala. sorriso cândido marca-lhe a face. parece feliz. 2) assassino-a colocando veneno, racumim, na sopa de verduras de que tanto gosta. 3) detalhe: alzira, é assim que se chama (*chamava!*) minha mãe, me implora para matá-la. obedeço. tudo está claro. é o que devo fazer. é o que farei. penso: é presente de aniversário, mereço. saio do banho menos infeliz. as formigas continuam incansáveis, subindo paredes, descendo janelas, cruzando tapetes. enxugo-me. começo em seguida a operação que, penso, pode me levar ao primeiro orgasmo em anos de abstinência. unto as mãos com mel, deito-me, lambuzo pentelhos, clitóris e todo o baixo-ventre. relaxo. estico o braço, aperto botão do remoto controle e kurt cobain me invade (*vocês já devem ter percebido: adoro heavy metal*). não penso em nada, não quero pensar em nada. minha mente é grande tela branca pintada de branco. aos poucos, sinto exército de pequenos seres escalando meus dedos, pés, joelhos, coxas e, enfim, a terra prometida: minha vagina. a sensação é indescritível. boa? ruim? ótima. estou eufórica: é a melhor sessão de sexo oral de toda a minha existência. morra de inveja: são centenas de pequeníssimas e afiadíssimas línguas circulando dentro de você, sugando você, devorando-lhe as entranhas, eletrizando-lhe os pêlos pubianos. é o céu. é o inferno. juntos. deus é pai, não é padrasto, e atendeu às minhas preces. eu gosto. eu gozo, eu grito. eu entro em órbita ao redor do planeta. a terra é azul. não quero dormir tão cedo.

09:30h

Saio do casulo, tenho de sair, careço. meu sonho de consumo, a eterna imobilização, a transformação definitiva em estátua de sal, tem de ser adiado novamente. preciso ainda, infelizmente, me mexer. a morte querida, sonhada, negociada, invocada, ainda não abriu asas sobre mim (*e, segundo meus oráculos, não virá tão cedo*), embora esteja morta por dentro há alguns séculos. finjo estar viva, ando, como, lavo as genitais (*e todas as partes azedas, assim minha tia antônia chamava tal região do corpo humano*), alimento minha mãe, trabalho, checo e-mails (*merda, quase nunca chega nenhum; quando chega algum é sempre poeta pentelho tentando divulgar versos medíocres que nunca ninguém lerá. todos os poetas são chatos, com exceção de j.g. de araújo jorge*), vou ao cinema, essas coisas todas (*sei que você sabe do que estou falando*) que não levam a nada, a lugar nenhum. formigas ainda circulam por minhas entranhas. algumas devem ter morrido dentro de mim (*cemitério vivo: tenho cadáveres habitando meu corpo*). outras circulam pelo tapete, pelos lençóis, pelas paredes, pelo teto, pelo teclado do computador. decido: de hoje em diante (*vou modificar o meu modo de vida; lembra dessa canção do roberto?*), deixarei nacos de doce embaixo de minha cama. não quero essas criaturinhas adoráveis morrendo à míngua. não posso continuar tão sozinha assim. quero continuar tendo orgasmos assim. passo toalha sobre o corpo para limpar-me. por mais delicada que tente ser (*e tento*), percebo: mato várias, talvez dezenas, formigas, que agora jazem sobre a superfície felpuda do tecido. morreram gloriosamente, heroicamente, mereciam medalha de honra ao mérito, homenagens póstumas em colégios e universidades, reportagens na tevê, editoriais em jornais: satisfizeram sexualmente mulher oca, vazia (*eu eu eu eu eu eu eu!*), que completa quarenta e oito anos hojequecompletaquarentaeoitoanoshojequecompletaquarentaeoitoanoshoje.

tinha quase esquecido esse medonho detalhe. aniversários são maldição. envelhecer é praga bíblica lançada sobre todas nós por um deus irado. deveríamos nascer com oitenta anos, irmos diminuindo, rejuvenescendo, renascendo e morrermos todos anjinhos, lindos, com pele maravilhosa de bebê. nesses momentos, intuo: deus não é mulher. se fosse, levaria essas coisas em conta. poupar-nos-ia da tepeême, dos pés-de-galinha ao redor dos olhos, da flacidez generalizada, da osteoporose, do câncer no seio, do olhar para o espelho e querer sumir do mapa. deus é homem. deus é impiedoso. deus é cruel. jogo a toalha, em que formigas encharcadas de mel jazem, no chão. ponho roupa qualquer, nada especial, nada que faça relembrar a data de hoje.

e se minha mãe lembrar do aniversário e vier com mimos e

paparicos, línguas-de-sogra, bolo confeitado e outras torturas nostálgicas de idêntico calibre? parabénspravocênestadataqueridamuitasfelicidadesmuitosanosdevidaparabénspravocênestadataqueridamuitasfelicidadesmuitosanosdevidaparabénspravocênestadataqueridamuitasfelicidadesmuitosanosdevida. a cantilena ocupa todos os buracos do cérebro. penso em desmaiar (*desmaiar para quê? sei que o desmaio não vai durar para sempre*), em sair porta afora e correr até o eixo monumental, em me escafeder. em filme p&b, revejo momentos em família, rostos que já não identifico mais. cena a: garotinha com pele de bebê sopra velinhas, feliz (*provavelmente, não tenho absoluta certeza, era o meu quinto aniversário, ganhei bicicleta de presente e nem imaginava o futuro ordinário que teria*). cena b: adolescente, vestindo traje cor-de-rosa e cheia de espinhas no rosto (*a acne é outra praga bíblica que deus lançou contra as mulheres; tenho ou não razão?*), dança valsa com o pai. cena c: mulher bêbada cai sobre mesa de bar (*mais exatamente num boteco da rua fradique coutinho, vila madalena, são paulo*) e repete aos berros: toda mulher deve morrer aos vinte e nove anos, todamulherdevemorreraosvinteenoveanostodamulherdevemorreraosvinteenoveanos.

tenho quarenta e oito, o que ainda estou fazendo aqui?

os fantasmas insistem, entoando mantra infernal: parabénspravocênestadataqueridamuitasfelicidadesmuitosanosdevidaparabénspravocênestadataqueridamuitasfelicidadesmuitosanosdevida.

é inevitável: minha boca vira enorme gêiser que expele vômitos quentes, pequenos gafanhotos, pedaços de bolo coberto com glace branca, copos de milkshake de coco, vacas-pretas (*sorvete de chocolate batido com coca-cola; uma delícia*), erupções mentais que se corporificam e explodem nos espelhos, nas paredes, nos lençóis, no teclado do computador, nos quase mil livros das estantes (*ótimo; assim destruo as lembranças literárias de luiz*) e (*bosta!*) no pôster de o bravo guerreiro que amo de paixão. corro para a privada, onde, caudalosamente, despejo tudo, tudo, tudo, tudo, tudo, tudo, tudo, tudo (*minha alma, inclusive. não faço nada para pegá-la de volta, aperto ainda mais a descarga para que desça rapidamente*). olho ao redor: parece a ante-sala do inferno. nada está no devido lugar (*mas o mundo não é exatamente assim? por que o meu quarto não pode ser microcosmo do planeta terra?*). restos de vômito cobrem minhas pernas e as formigas retornam sôfregas, querendo mais (*serão as formigas ninfomaníacas?*). expulso-as com fúria: —*agora não, agora não!* neste exato momento quero paz de criança (*morta!*) dormindo, quero paz de criança (*morta!*) dormindo. dolores duran morreu na idade certa, sem flacidez, com pele ótima, aos 29 anos. todas as mulheres deviam morrer com a idade de dolores duran.

11:00h

abro a porta do quarto e (*me*) vejo no corredor (*da morte*): minha mãe seminua, esquálida, rosto pintado de mil cores, enfiada em camisola imunda em tecido branco (*agora quase marrom*) estampado com flores amarelas (*foram do meu enxoval de casamento; a tal camisola-do-dia*) e botinas negras (*meu pai as usava em dias de parada militar, adora calçá-las*). dança estranha coreografia (*diz que é a dança da chuva; quer fazer chover em pleno agosto brasiliense*) com a mesma agilidade de paraplégico imitando elvis no ed sullivan show. não há trilha sonora. há pelo menos vinte anos minha mãe não precisa de trilha sonora para dançar (*tenho orquestra na minha cabeça, revela-me de vez em quando, e não duvido disso*). ao me ver, pára tudo, corre para me abraçar (*hipócrita, hipócrita!*). cheira insuportavelmente mal (*tenho vontade de ensopá-la com os perfumes que meu pai usava no banheiro para tentar abafar o cheiro fétido dos excrementos que produzia*), mas é minha mãe, talvez goste dela (*mesmo que não queira*), ainda mais agora que não lembrou meu aniversário de quarenta e oito anos, sou fruto do ventre dela, maria. cochicha-me no ouvido: —*dancei horas seguidas. hoje choverá, hoje choverá...* prevê tempestade tropical sobre o planalto central desde junho e, invariavelmente, confirmo os poderes meteorológicos que imagina ter: — *sim, mãe, choverá hoje, sim.* é hora de começar a negociar o banho semanal (desisti do banho diário há meses), hoje é quinta-feira. — *minha mãe, vamos brincar de barquinho na banheira, vamos?* finge que não me ouve (*é sempre assim*) e, após alguns segundos, estabelece-se diálogo.

ela — *o que você me dá em troca?*

eu — *o que a senhora quer, mãezinha* (é o único momento em que a chamo assim, faz parte do ritual)?

ela — *quero um velocípede.*

eu — *outro? cadê aquele que lhe dei no mês passado, mãezinha?*

ela — *quebrou, e está velho, sujo...*

eu (*chega! não quero perder mais tempo neste jogo patético, melhor ceder*) — *ok, mãezinha, quando voltar à noite eu trago...*

ela, como sempre acontece nesse momento da trama, estampa enorme sorriso. eu, como sempre, ainda me emociono, consigo ver, por trás dos dentes podres e do rosto melecado, a mulher bonita que um dia foi.

brada, levantando os braços: — *touché! vamos ao banho!*

esforço-me, tento sorrir: — *vamos nessa, mãezinha!*

é sempre assim. vai ser sempre assim. até que morra. até que me mate. até que morra. até que a mate. somos extremamente umbilicadas uma à outra. somos xifópagas. nossos destinos estão irremediavelmente amarrados, cruzados. está escrito. maktub. está em minhas visões, em minhas premonições. está também no fundo do vidro com a mistura rubra de minha última menstruação, quando o ponho em cima da mesa e visualizo o futuro. minha mãe, inexplicavelmente cordata esta manhã, deixa-me limpar-lhe o nariz, o ouvido (*odeia cotonete, tenho de fazer a limpeza com lenço de papel*), não se irrita com os esfregões de bucha sobre o corpo, brinca com a água, pergunta por odilon (*meu pai, morto há dez anos e que até hoje teima em esperar*), por laura, por joaquim, por divina (*esqueceu que a dispensou hoje*), por luiz (*ainda acha que está casado comigo*). de repente, num átimo, me abraça, me beija na face (*e noto que já fede menos*), me acaricia os cabelos, me olha no fundo dos olhos. não é exatamente o comportamento padrão em horas de banho, deve estar querendo algo, um presente maior (*minha mãe nunca dá ponto sem nó*). dispara, à queima-roupa: — *por que você não me mata? (já vi esta cena antes, sou maga, sou bruxa, já disse! mas nunca sei exatamente o que fazer depois. a premonição acaba exatamente aqui).* antes que fale algo, antes que diga calma, mamãe, calma, ela, cheia de ânsia, como se estivesse há dias, meses, anos, ensaiando a fala e só agora alguém desse a deixa, permitindo que entrasse em cena, esbraveja, cheia de gás: — *dei-te a vida, tu me dás a morte. não é justo? dei-te as trevas, tu me dás a luz. não é justo? dei-te o inferno, tu me dás o céu, não é justo? não é justo? não é justo?* vacilo, sinto saudades do quarto escuro e sujo, quero voltar, quero vomitar gafanhotos e pedaços de bolo confeitado. ainda com as mãos ao redor do meu pescoço, suplica, implora: — *quero morrer. sei que você também quer. mas ainda vai viver muito, vai envelhecer como eu, apodrecer como eu e, quem sabe?, um dia pedir a laurinha para fazer com você o que você vai fazer comigo, hoje. você vai me matar, maria. por favor, por favor... vai ser bom pra você, vai ficar livre de mim, desse carma de ter de me aturar, me limpar, me dar comidinha na boca...* interrompo-a, quase feliz: — mato-a, sim, mãezinha. faço tudo o que você quiser, mas depois do banho. depois do banho mato-a e, em seguida, me mato também. morreremos juntas.

ela, séria, ameaçadora, sob a luz de todos os refletores do teatro (*quero fernanda montenegro no papel*): — não, você não vai morrer agora. será que, com toda a capacidade de adivinhar o futuro, ainda não percebeu que está condenada à velhice? você ainda é muito jovem, tem muito ainda a envelhecer, os ossos ainda não esmigalharam, o cérebro ainda não se liquefez, a vagina ainda não virou buraco fétido... lamento muito, minha querida, mas você ainda tem longa vida pela frente. (*tenho vontade de espancá-la, de tapar a porra da boca de minha mãe, mas contenho-me*) clímax dos clímax (*não a perdoai, senhor, ela sabe o que faz, é má, é cobra criada*), diz o indizível, a frase que não queria ouvir jamais, aquela, exatamente aquela que me faria matar fosse quem fosse: — afi-nal... de contas..., vo-cê... es-tá... fa-zen-do... apenas... qua-ren-ta... e... oi-to... anos ho-je... (*fala como se estivesse saboreando cada palavra*). instante culminante, ponto alto da cena (*não saia da sala agora, nem para fazer xixi*), joga água da banheira em mim, sapeca, safada, sórdida, pérfida, e entoa mantra que me enlouquece de vez: — *parabénspravocênestadataqueridamuitasfelicidadesmuitosanosdevidaparabénspravocênestadataqueridamuitasfelicidadesmuitosanosdevida.*

é a senha, o abracadabra, a fagulha que faltava para incendiar o paiol de pólvora. vou matá-la sim. vou matá-la sim. empurro-a na banheira. mergulha na água suja. mexe os braços como uma hélice corroída, levanta, escorrega, cai, tenta segurar na torneira para apoiar-se (*pura encenação, apenas finge que resiste*). empurro-a de novo. poderia (*deveria*) matá-la agora, asfixiá-la agora, mas não o faço. berro: — *vou matá-la, vou matá-la. não é isso que mais quer? é o que mais quero também, ficar livre de você para sempre. já que não posso, pelo menos por enquanto, ficar livre de mim para sempre. vou me livrar de você para sempre. mas não agora, mais tarde...*

ela — *por favor, agora, já...*

eu — *não, não e não...*

ela — *se não me matar agora vou continuar cantando parabéns pra você, parabénspravocênestadataqueridamuitasfelicidadesmuitosanosdevidamemateporraparabénspravocênestadataqueridamuitasfelicidadesmuitosanosdevidamemateporraparabénspravocênestadataqueridamuitasfelicidades muitosanosdevida.*

eu (*concentrando-me ao máximo, tentando desesperadamente não ouvir aquele mantra diabólico que golpeia meus tímpanos*) — *até mais tarde. vou encomendar o seu caixão. volto às duas para almoçarmos juntas... comida chinesa. você gosta, não?* (ela odeia).

saio batendo a porta. pensamento bombardeia minha cabeça: e se minha mãe se matar no período em que eu estiver fora? se trapacear e mudar as regras do jogo? não, não o fará.

não é isso que está escrito, não é isso que vejo em minhas premonições. matá-la é missão minha. penso melhor e constato o óbvio: não vai se matar. afinal de contas, mais do que morrer, minha mamãezinha querida quer que eu a mate. eu tenho a força. que espere então eu fazer meu passeio pela cidade.

12:30h

não há nuvens, o azul do céu é insuportável (*chega a ser de mau gosto, tal e qual prédio na duzentos e dezesseis norte, com magnífica vista para o lago, mas cafonérrimo*). o calor também (*parece sauna a vapor sem vapor, parece o inferno*). o sol bate (*mas não atendo, finjo não estar em casa*) na minha pele seca e flácida. mas nada que se compare ao caótico turbilhão doméstico de onde acabo de ser ejetada. ainda ouço a voz: — *se não me matar agora, vou continuar cantando parabéns pra você...* desvairada e torta qual zumbi no cio, atravesso o eixão. desvio-me de carros a cento e vinte quilômetros por hora e de motoristas irritados com minha ousadia suicida: — *vaca, vaca, quer morrer, é?* van verde (*exatamente do mesmo tom do jipe de brinquedo que tive na infância*) passa como um bólido a poucos milímetros de mim. vulto loiro (*ou seria ruivo? ou seria calvo?*) berra da janela do automóvel (*chego a sentir o hálito de cigarro do cara; filho da puta, odeio fumantes, sempre preferi os maconheiros, são mais alternativos*): — *você quer morrer e foder miiiiiiinha viiiiiiiiiiiida?* (*fala algo mais, não consigo ouvir*) paro e sento no meio da pista. e agora maria? e agora maria? e agora maria? e agora maria? só agora noto: não estou exatamente bem-vestida, calça velha azul e desbotada, blusinha hering surrada, sandália de borracha. e o meu rosto? devo estar horrenda. enfio os dedos nos revoltos cabelos ruivos tentando domá-los. em vão. presumo: estou a cara da medusa. tento pensar em algo diferente. não em minha mãe. não nos quarenta e oito anos que completo hoje. fixo o olhar no asfalto, não quero ouvir os berros e os xingamentos dos motoristas. mas ainda ouço. carro azul-marinho: *vá trabalharvagabuuuuuuuuuuunda!* caminhão amarelo: *fazboqueteaquinopaiziiiiiiiiiiiiiiiiiiiinho!* táxi branco: *sefeiúramatassecêtariamoooooooooooooooorta!* a velocidade espiiiiiiicha e diluuuui as palavras. concentro-me na última frase: *sefeiúramatassecêtariamorta.* adoraria que fosse verdade. não é. sou feia. estou viva. formiga solitária (*seria ermitã que preferiu vida alternativa e optou pelo budismo tibetano? na verdade, tem cara de ser ótimo amante*) caminha em linha reta com grande pedaço de folha nas costas. invejo-a. arrasta-se sob o sol inclemente, sem olhar para trás, sem vacilar, sem temer os homens e as máquinas que regurgitam ao redor. parece john wayne em the searchers. deito. olho o sol. encaro-o (*e, apesar do calor tórrido, umedeço-me*). penso num jogo. proponho: quem fechar o olho primeiro, vai embora, desaparece do mapa, viaja para o amapá, sai de cena por longa temporada. escancaro os olhos. o sol escancara os olhos. buzina a toda velocidade dá o sinal: vamos ver quem pisca primeiro. se eu, se o sol. se o sol, se eu. não escuto nada. não vejo nada. deixo-me possuir pelo sol, penetra pelos meus poros, ouvidos, boca, olhos (*as meninas-dos-olhos têm câncer de pele? a pergunta aparece e desaparece em algum buraco do cérebro. as meninas-dos-olhos têm câncer de pele?*). quero que se fodam, que tenham câncer de pele se preciso for. resistirei. o sol também. nenhum sinal de nuvens no céu. a briga promete. david e golias. maria e o sol. mary and the sun. marie et le soleil. podia ser nome de filme. vai ser nome de filme. vejo nos letreiros em neon dos mais recônditos lugares do planeta: mary and the sun, with maria diegues. o sol é abrasador: as meninas-dos-olhos fecharam todas as janelas, ligaram o ar-condicionado e foram assistir ao vale a pena ver de novo, imagino. escafederam-se. eu não. estou regular (*nunca estou ótima*). bem melhor do que estar no ministério. a essa hora da tarde estaria empilhando papéis, atendendo telefonemas, debatendo o capítulo da novela de ontem. prefiro estar aqui, agora, deitada no asfalto quente. tão quente que começa a amolecer, a virar colchão macio. se ficar deitada até o final da tarde, afundarei, eu e o asfalto negro nos fundiremos numa substância só, num corpo só. estou confortável. tão confortável que cochilaria. mas não posso cochilar. não posso cochilar. se cochilar, fecharei os olhos. se cochilar, fecharei os olhos. se fechar os olhos, o sol vencerá o jogo. se o sol vencer o jogo, sofrerei mais um rude golpe, meu ego, já partido em mil cacos, virará pó. de repente, pequena nuvem surge não se sabe de onde e, em câmera lenta, vai se aproximando do sol. coração bate forte, quase sai pela boca. pareço xisbúrguer em chapa quente. dói tudo. por dentro e por fora. minha pele seca e flácida está vermelha como tição. sinto-me em brasa. a nuvenzinha vem chegando, chegando, chegando. e tapa o sol. o sol fecha o olho. eu também. apenas um milionésimo de segundo depois. venci, venci, venci. saio gritando: *venci, venci, venci*. ouço: — *saidebaixomaluca, saidebaixomaluuuuuuuuuca...* nem ligo. melhor: ergo o dedo em riste (*como o garotinho do sonho*), empunho-o masculinamente (*sempre tive inveja do pênis dos homens, bem antes de ler o que sigmund freud escreveu a respeito*) e caio fora.

14:02h

penso em ir ao cinema. sempre achei (*meus mortos me esperam*): asssistir a um filme imbecil no meio da tarde revigora a saúde e reidrata a cútis (*falei cútis, ouviu bem? cútis. você é surdo?*) feminina. para mim, revestida por pele seca e flácida, pode ser bálsamo reconfortante. mas mudo de idéia (*preciso*): saí às pressas (*será que minha mãe já saiu da banheira? será que minha mãe se matou sozinha, não esperou que eu a matasse mais tarde?*), estou sem dinheiro para comprar ingresso. além disso, estou malvestida. caso sente no chão em algum lugar da cidade, as pessoas virão me dar dinheiro (*o que não é exatamente má idéia*), pensando que sou mendiga (*e não o sou?*). o corpo arde, estou em brasa, em chamas, poderia acender cigarro na virilha, se quisesse. mas não fumo e odeio quem o faz. olho para os lados: seria o deserto do saara não fosse a presença de prédios, de automóveis, de cachorros, de formigas e de lagartixas. o que fazer? o que fazer? o que fazer? a dúvida martela o cérebro, incomoda, dói. ando a esmo. resolvo dar volta em torno da quatrocentos-e-dezesseis. a essa altura do apocalipse (*e da tarde*) a chance de encontrar alguém é zero. menos mal. a seca torra tudo. estão todos idolatrando aparelhos de ar-condicionado (*ligados no último volume*) ou se refestelando na praça de alimentação de algum shopping center. é terrível se bater com pessoa indesejável quando se quer ficar só (*e quando se quer ficar só, qualquer pessoa é indesejável; menos denzel washington, a quem pagaria os salários de uma vida inteira para ter noite de amor. se houvesse penetração então, deus do céu, abriria mão de tudo, até da guarda dos meus filhos. uma mulher no cio é capaz de tudo*). lagartixas assustadas correm de um lado para o outro. lagartixas assustadas correm de um lado para o outro. zonzas de calor — e de tédio. eu também. o cérebro parece buraco vazio. não consigo pensar em nada. talvez o sol tenha fritado meus neurônios e o ato de pensar se torne impossível de agora em diante. a idéia me agrada muitíssimo, seria uma bênção. o pensamento é a ante-sala da loucura, a armadilha mortal, a gigantesca cobra sem rabo, o saco sem fundo. nunca consigo controlar meu pensamento. criança, morria de medo de acordar à noite. quando despertava e olhava quarto escuro, corria para acender a luz. era tarde demais. via ladrões embaixo da cama, homens encapuzados surgindo de buracos abertos nas portas, almas de outro mundo descendo pelo telhado, brancas, esquálidas, olhos fundos, levantando o meu lençol, barulhos incompreensíveis no quarto ao lado (*mas no quarto ao lado não dormia ninguém*): alguém esmurrava a parede, com raiva. seria alguém querendo entrar em contato comigo, entrar em mim, penetrar em mim? tentava escapar, tentava ler revistinha do pato donald ou fotonovela capricho e não conseguia. nem sandro moretti me livrava daquela maldição. era tanto o medo que meu coração quase saía pela boca. que havia feito para merecer isto? todos pareciam dormir em paz, menos eu (*por quê? por quê? perguntava-me durante horas a fio. não havia resposta*). minha mãe (*àquela época, saudável potranca que em nada sinalizava a doida varrida que hoje tenho em casa*) e meu pai roncavam o sono dos justos — e dos torturadores (*só soube bem mais tarde que o tenente diegues arrancava unhas e dava choques elétricos nas partes pudendas de homens e mulheres a que chamava de subversivos. sempre ao chegar em casa com fome de cão, após me colocar no colo e me deixar sentir o cheiro mentolado de barba recém-feita, como adorava esse momento!, repetia: — o trabalho me abre o apetite; hoje seria capaz de comer um boi inteiro*). os empregados também pareciam dormir em berço esplêndido. menos eu. menos eu, amaldiçoada, condenada a protagonizar pensamentos infames e a me revirar na cama madrugada adentro, a me perguntar: o que estou fazendo aqui? o que estou fazendo aqui? (*e rezava ave-marias, padre-nossos, salve-rainhas e implorava a deus: me faz parar de pensar, me faz parar de pensar, me faz parar de pensar. nunca fui atendida. logo deduzi: 1. deus é surdo. 2. deus não gosta de mim.*) o que estou fazendo aqui? (*não respondi a tal pergunta até hoje. alguém já?*). só eu na casa grande da cidade pequena a enfrentar fantasmas, a remoer idéias, a tentar destruir moinhos de vento, a tecer nós que nunca seriam desatados, embora tente desatá-los até hoje e fracasse inexoravelmente. nunca desatarei os nós que atei na infância. ninguém nunca desata os nós que atou na infância (*palavras que tentam me consolar; tem gente que consegue, acho. tem?*) juca, primo que vivia me mostrando o quanto o pênis dele crescia a cada dia, a cada hora (*na verdade, não crescia um milímetro sequer, mas tinha medo de dizer-lhe a verdade; já sabia, embora ninguém tenha me dito nada a respeito, deve estar no inconsciente coletivo da mulher: homens não gostam de ouvir/saber que têm paus pequenos*), o primo juca me assustava ainda mais: dizia que eu comia demais antes de dormir (*não era verdade, não era verdade, queria matá-lo quando dizia isso, devorava apenas um ou dois sanduíches de mortadela, dois quindins, toddy batido com leite e açúcar e, às vezes, lascas de bacalhau cru, que pegava às escondidas na despensa. mas não havia jeito: o crime era facilmente descoberto. quando minha mãe ia pegar o peixe para cozinhar, comíamos ensopado de bacalhau todas as sextas-feiras, percebia os pedaços arrancados e corria em minha direção com cinto na mão. não fugia. resignava-me, engolia as chibatadas com brio e, descobri, mais tarde, certo prazer. tanto que nunca deixei de arrancar lascas de bacalhau para comer antes de dormir e, conseqüentemente, de apanhar. dúvida cruel: nunca descobri do que gostava mais: se das lascas de bacalhau cru, se das chibatadas nas minhas costas*), o primo juca dizia que a comida subia para a cabeça e que um dia acordaria com as coisas que comi derramando pela minha, boca, nariz, ouvidos (*... e vai ser hoje, ameaçava*). boca, nariz, ouvidos... boca, nariz, ouvidos... lagartixas passam em bando sobre meus pés (*sinto a pele fria de cada uma, aaaaaargh!*), grito (*como tenho nojo delas!*), percebo: já devo ter dado duas ou três voltas na quatrocentos-e-dezesseis e o sol não conseguiu (*embora quisesse que isso acontecesse*) torrar meu cérebro e me fazer parar de pensar. continuo não podendo controlar meu pensamento. os pés doem. a cabeça lateja. penso em voltar para casa, revejo minha mãe nua e louca no corredor de casa, logo desisto. não quero vê-la agora. não quero matá-la agora. não há vivalma ao redor. todos parecem estar mortos. as plantas também. a maioria arde, devorada pelo fogo que cigarros acesos e pedaços de garrafa de cerveja e de refrigerantes (*momento científico: o sol inclemente, ao incidir sobre o vidro, esquenta muitíssimo, a ponto de provocar incêndio no mato seco ao redor*) ajudaram a criar. o cenário é desolador. tão desolador quanto o quarto escuro e assustador de minha infância. o desolamento é igual, a pergunta também: o que estou fazendo aqui? o que estou fazendo aqui? sinto, e sempre senti: estou na cena e no filme errados. não tenho nada a ver com nada, com esta cidade desértica, com as lagartixas que correm tontas, com os cachorros que latem na calada da noite, com nada, com nada. não que eu esteja na cidade errada, não que eu esteja no lugar errado. todas as cidades são erradas. todos os lugares são errados. a palavra é: estranha. a palavra é: estranhamento. a palavra é: náusea (*profunda, visceral, atávica, a mesma que jean-paul sartre sentiu*). a palavra é: elefante. a maior parte do tempo, sinto-me tal e qual um elefante (*embora seja pequenininha do tamanho de um botão, tenho 1m50 de altura e peso 45 quilos*)... na ópera, um elefante na ópera. taí uma boa expressão para você me definir. quero que você escreva na minha lápide: aqui jaz um elefante na ópera. quero que você escreva livro sobre mim com esse título: um elefante na ópera. um elefante na ópera. um elefante na óp....

— *boa tarde!* a-velha-que-cobre-o-rosto-até-as-orelhas-com-enorme-chapéu-de-palha, amiga nada íntima (*como devem ser to-*

das as amizades) de outras caminhadas, passa e me cumprimenta. desvio o olhar, respondo vagamente, temo que, sendo receptiva ao cumprimento, a-velha-que-cobre-o-rosto-até-as-orelhas-com-enorme-chapéu-de-palha me alugue, grude em mim, comece a conversar desvairadamente sobre netos, cachorros, empregadas que não cumprem as tarefas determinadas com diligência e bom humor, crimes sem castigo, genros que tentam envenená-las dia-sim-outro-também, assuntos e temas de que essas-criaturas-à-beira-da-tumba adoram falar a respeito e são capazes de discursar durante horas. mas a-velha-que-cobre-o-rosto-até-as-orelhas-com-enorme-chapéu-de-palha se dá por satisfeita com o boa-tarde (*graças a deus!*) e parte, some por entre as árvores que esturricam ao sol. parece o fim do mundo (*já não vi esse filme antes?*). preciso fugir de novo, ir para outro lugar, preciso de um shopping center para me acalmar (*mas... e se encontrar colega de trabalho por lá me olhando com olhar acusador? que se foda: ninguém faz merda nenhuma lá, minha ausência não faz falta alguma*), preciso ver um filme, escapar dessa tarde saárica desse dia medonho em que completo quarenta e oito anos. o cérebro dispara: completoquarentaeoitoanoshojecompletoquarentaeoitoanoshojecompletoquarentaeoitoanoshoje.

    esmurro minha cabeça com fúria: pára de pensar, porra, pára de pensar. paro de pensar e descubro: há cartão de banco no bolso da calça azul, velha e desbotada. nem tudo está perdido (*pelo menos, por enquanto*).

15:30h

posso me capitalizar enfiando o cartão e digitando a senha certa (*qual é a senha, mesmo? sei lá. penso depois a respeito*) no próximo caixa eletrônico. mas quanto à aparência? devo estar parecendo bruxa de desenho desanimado, horrenda. decido (*incorporo*): estou punk (*nem mais feia nem mais bonita do que aquelas manequins esquálidas dos desfiles de moda na tevê*), sou punk, serei punk. o importante não é aparência é a atitude (*ouvi a frase dia desses no banheiro feminino de um restaurante, na hora pensei em vomitar mas agora, por que não aplicá-la a meu favor?*). é a atitude, é a atitude o que importa. espigo a coluna, assanho ainda mais os cabelos ruivos, rasgo a camiseta branca na altura do seio e parto. finjo que sou excêntrica. na esquina seguinte, surpresa: cachorro que sai não se sabe de onde (*cachorros-que-saem-não-se-sabe-de-onde são praga da cidade; você está andando tranqüilamente, de repente, surgem do nada e quase nos matam de susto*) late. não deve ter gostado de mim. nem eu dele. rosna com fúria na minha direção. faço o mesmo: rosno também. doberman-preto-com-cara-de-robert-de-niro-em-raging-bull late ainda com mais fúria. ira do animal me enche de raiva e me surpreendo: parece que sou cachorro desde criancinha. enfrento-o de cão para cão. doberman-preto-com-cara-de-robert-de-niro-em-raging-bull investe contra minha perna. não me amedronto: mordo-o no pescoço. com tanta força que abro ferida que logo começa a sangrar. isso me deixa ainda mais forte (*lembro-me de minha mãe implorando para matá-la, o que me enche ainda mais de fúria*), aplico golpes baixos, dou pontapé nos testículos do animal, que geme de dor. venço por nocaute técnico. doberman-preto-com-cara-de-robert-de-niro-em-raging-bull pede água, sai abatido, com rabo entre as pernas, derrotado. saio vitoriosa. atitude, atitude, atitude, repito para mim mesma. ando um pouco mais (*as poucas pessoas que encontro no caminho parecem não me ver ou, se me vêem, ficam tão assustadas que preferem não me encarar*), entro em caixa eletrônico. enfio o cartão (*não sou muita boa nesses diálogos com a máquina, mas também não faço feio*) e obedeço aos comandos (*é fácil*). empaco na hora da senha (*qual é a senha, maria diegues, qual é a senha? alguém já me perguntou isso antes? já me perguntei isso antes. lembro: encontro rapaz barbudo num ponto de ônibus, o globo na mão, tinha de lhe perguntar algo, mas não sabia exatamente o quê. qual é a senha, maria diegues, qual é a senha? deu branco absoluto. os minutos se passavam, o cara ficando desesperado. de repente fez-se luz e disparei: tem reportagem sobre graciliano ramos nesse jornal? ele disse: tem sim e tem outra sobre mário quintana. saímos juntos: fomos discutir texto de joseph stalin à beira do oceano atlântico*). na pasta marrom (*ou seria vermelha?*) e cheia de fichas não identificadas em que meu cérebro se transformou a essa altura do dia, fica difícil, quase impossível, lembrar os números mágicos que me capitalizarão e me permitirão assistir a um filme no meio da tarde. tento os seis últimos números do telefone da casa onde moro: 6-5-4-3-2-1. ou seria 6-5-4-3-1-2? senha inválida, senha inválida, decreta a máquina, sadicamente. resolvo digitar os últimos números do meu cepeefe (*acredite se quiser, nunca consegui esquecê-los, seria capaz de repeti-los mesmo estando em estado de coma*): 0-6-4-9-6-2. ou seria 0-6-4-9-6-0? (*estou pior do que imaginava; não consigo lembrar os números do meu próprio cepeefe, algo que jamais esqueci!*) senha inválida, senha inválida... a máquina está rindo de mim, acho. estou quase em pânico (*do lado de fora, quatro ou cinco pessoas demonstram impaciência. de onde saíram essas pessoas? pessoas-que-saem-não-se-sabe-de-onde são outra praga local*). penso, reflito, relembro datas. tento 5-5-1-9-7-9 (*casamento com luiz; num momento de loucura posso ter usado tais números*); 4-8-1-9-14 (*nascimento de meu pai; ou seria de minha mãe?*); 2-8-1-9-5-4 (*dia em que o adorável denzel washington nasceu*). nada. nenhum número abracadabra. digito qualquer combinação numérica que me vem à cabeça. nada, nada, nada. a máquina agora gargalha: senha inválida, senha inválida, rá-rá-rá, senha inválida, rá-rá-rá... homem magrelo e cheio de dentes bate no vidro: — *quer ajuda?* não quero ajuda, quero morrer. de repente, faz-se luz no túnel sem fundo do meu cérebro. digito (*embora não devesse, vai me lembrar que completo quarenta e oito anos hojequarentaeoitoanoshojequarentaeoitoanoshoje*): 2-8-1-9-4-9. o milagre acontece, a máquina abracadabre-se: cinco notas novinhas de dez reais surgem, acompanhadas de papel com a comprovação da retirada e lembrete: *feliz aniversário, feliz aniversário!* gritar é a única saída, o melhor remédio. grito. fujo do inferno. a galope, esbarro com mulher grávida. quase a derrubo. quando era garota, não conseguia me perdoar: sempre que via mulheres grávidas, tinha ímpeto de lhes dar pontapés nas barrigas. achava, como tem gente que treme de pavor quando gato preto lhe cruza o caminho: mulheres grávidas eram sinal de mau agouro, de desgraça a caminho. nunca disse isso a ninguém. quando engravidei de laurinha e de joaquim tive medo de encontrar alguém que materializasse o meu desejo/ódio (*o feitiço virado contra o feiticeiro*) e se dispusesse a dar pontapés na minha barriga. queria tanto entender por que a gente pensa determinadas coisas. queria tanto entender por que continuo achando que mulheres grávidas são sinal de mau agouro (*sou bruxa, sou má, mas não entendo nada, não sei de nada*). na verdade, a gente finge que entende, mas a gente não sabe nada. a gente não tem a menor idéia do que está acontecendo. dentro de nós. e fora de nós. por que estamos vivos. ou por que estamos mortos. mulher grávida me olha com cara de pavor: deve ter visto a fúria nos meus olhos, tem medo que lhe boxeie o ventre, a barriga. tenho medo do olhar dela. ela tem medo de mim. tenho medo dela (*será que minha mãe já estará morta em casa? matou-se sem esperar que eu o fizesse, a maldita?*). fujo. temo que a vontade de espancar o ventre de grávidas retorne. temo que o encontro inesperado com uma mulher grávida me traga mais desgraças do que as que já vivencio. temo tudo. não temo(s) nada. fujo do inferno. compro ingresso e mergulho no escurinho do cinema (*onde a morte está solta!*). de onde nunca deveria ter saído. de onde talvez nunca volte.

18:00h

filme já começou. não enxergo nada. não enxergo ninguém. ótimo. ex-ce-len-te. o mundo parece acabar a um palmo do nariz. a idéia é exatamente essa: fazer com que o mundo deixe de existir a partir do palmo seguinte aos nossos narizes e tudo aconteça (*vida, morte, morte, vida*) apenas dentro de nós. como no útero materno, de onde nunca deveríamos ter saído (*de onde nunca sairemos, por mais que queiramos*). a escuridão permanece. não encontro lugar onde possa me sentar, onde possa morrer e conviver com os meus mortos queridos. encosto na parede do fundo da sala, embaixo da cabine de projeção (*de onde os mortos mais queridos sempre saem*). respiro fundo, até parar de respirar, até parar de viver. entrar no cinema é como saltar de *bung jump*, é mudar-se do estado sólido para o estado gasoso. é o único lugar do planeta onde descanso em paz (*como nas tumbas*). o filme importa pouco, o importante é estar aqui dentro, à margem do mundo, isolada, em outra dimensão. cinema de shopping center (*como o que mergulhei agora*) talvez não tenha o mesmo encanto dos grandes cinemas de antigamente (*preconceito bobo: os cinemas são todos iguais, é o que os mortos me dizem quando conversamos sobre o assunto*), mas é incomparavelmente melhor do que o inferno tropical que viceja lá fora. quando brigava com papai-mamãe ou me recuperava dos bofetões que luiz me aplicava na cabeça, no tronco e nos membros, vinha sempre para cá, em sessões vespertinas, onde quase não há gente e, portanto, são maiores as chances de escapar, de fugir, de fingir que estamos mortos, de conviver com os que já estão mortos (*e aprender com eles*). fingir que estamos mortos (*e conviver com eles*) é prática fundamental para a mulher moderna, enquanto a marafona esquálida (*meu pai costumava usar tal expressão ao se referir à morte, e adoro usá-la*) não vem de vez e não nos torna felizes para sempre (*que sejam felizes para sempre, até que a morte os separe... mas como, se a felicidade começa exatamente quando a morte nos separa?*). o escurinho do cinema é morrer sem morrer, é cortar os pulsos e ver o sangue escorrer até nos tornarmos copo vazio. é esquecer tudo (*ex-marido, filhos, mãe louca que pede para ser morta vinte e quatro horas por dia*) e brincar de morrer. ainda que em poucas horas as luzes voltem a se acender e a lhe lembrar: você está viva, você está viva. enquanto a vida não vem de volta (*e que isso demore a acontecer!*), continuo encostada na parede, de olhos fechados, preparando-me para atravessar o portal que separa a vida da morte: a sala é enorme caixão onde me afundo, me consolo, fujo de mim mesma. o filme importa pouco, quase nada. abro o olho e vejo al pacino falando ao celular numa praia deserta. é como se visse o mundo através de olho mágico colocado no meu caixão, à altura do olho (*quando criança minha mãe ficava possessa quando eu dizia aos amiguinhos apavorados que os caixões de defunto deviam ter olho mágico, para que os mortos pudessem ver o que acontecia à volta deles*). agora distingo vultos, cadeiras vazias, algumas cabeças, poucas, como eu gosto. sento na última fila (*é onde sempre sento, é onde os mortos preferem que a gente fique, não sei exatamente por quê. já perguntei e eles não souberam, ou não quiseram, responder*). sento e relaxo. a pele arde, a cabeça lateja, ainda vejo minha mãe implorando para que eu a mate (*mais tarde, dona alzira, mais tarde...*), mas, em questão de minutos, tudo isso será só memória, lembrança, estará fora de mim, toda esta escuridão será minha. o lusco-fusco que domina a sala é efeito fundamental, ajuda a entorpecer, a relaxar, a deixar todos os espíritos entrarem em mim (*e só saiam quando as luzes se acenderem*). respiro fundo, cada vez mais fundo. estou quase lá, onde os mortos reinam (*se você não sabe, e duvido que saiba, fique sabendo: salas escuras de cinemas no meio da tarde são excelentes locais para nos comunicarmos com os mortos. descobri isso aos quinze anos quando fui assistir a the sound of music num cinema deserto do bairro de nazaré, em salvador, e passei horas conversando com homem que havia sido esfaqueado pela ex-mulher*). é com eles que me sinto melhor, mais à vontade. hoje quero reencontrar paulo (*aquele amigo quase amante que morreu de aids, lembra?*). não o vejo há muito tempo. invoco-o sempre em minhas sessões espírito-cinematográficas, mas não tem aparecido (*a última vez que o vi, há alguns meses, falou das vantagens de ter desejos sublimados; os mortos, como os anjos, não têm sexo*). talvez esteja muito ocupado (*fazendo o quê, fazendo o quê? o que os mortos fazem para matar o tédio?*). no mais recente encontro que tivemos, disse: são muitas as salas escuras de cinema que tem de visitar, que são muitos os vivos que precisa escutar nas salas escuras de cinema do mundo inteiro *(falou: somos ombudsmen de almas, ouvimos as queixas, os lamentos, as dores dos seres humanos)*, que são muitos os vivos carentes de ajuda espiritual, que não entendem por que querem ardentemente morrer e não conseguem. *(disse-me na ocasião: não haveria vagas nos cemitérios se todos os que desejassem morrer morressem de fato. relembrou a história de mulher francesa, com que conversava de vez em quando: havia tentado se matar cento e cinqüenta vezes e fracassou. declarou: ela não merecia morrer. só os bons morrem cedo.)* hoje quero vê-lo, preciso vê-lo, consultá-lo a respeito de minha mãe. a pergunta é: devo matá-la hoje ou adiar um pouco, fazer com que sofra mais? paulo finalmente aparece *(sai da cabine de projeção; eles, os mortos, sempre saem de lá)*. continua belo, na verdade está mais belo agora *(os mortos são sempre mais belos)* e senta na cadeira ao lado da minha. pergunta se gosto de al pacino *(digo, lacônica: às vezes sim, às vezes não)*, conversa sobre trivialidades, pergunta sobre o meu trabalho, sobre meus filhos. peço permissão para deitar no colo dele. permite. deito. falo sem parar sobre o tema mais recorrente na minha mente nos últimos quarenta e oito anos *(um dos meus psiquiatras dizia: é obsessão. é culpa)*: morrer, morrer, morrer. — *não se iluda, conforme-se com o destino que lhe foi reservado. já lhe disse e repito: você não vai morrer tão cedo, você vai ter osteoporose, mal de azheimer e todas aquelas doenças de velha (e quando fala isso, tremo: vou ter o mesmo fim de minha mãe?)*. adivinha meu pensamento: — *sim, você vai ter o mesmo fim de sua mãe, adoecer, regredir mentalmente e, também, implorar para alguém lhe matar. já tinha visto isso em minhas premonições, paulo não fala nenhuma novidade, mas é doloroso demais, é terrível demais.*

eu — *devo então matar minha mãe hoje?*

paulo — *sim, ela já sofreu demais, ela sofre demais, merece descanso eterno. você também merece descanso. vai ser bom para ambas. ela fica livre de doença cruel que a faz sofrer tanto. você fica livre do fardo de ter de cuidar dela, de limpá-la, de dar-lhe banho semanalmente... cá pra nós (e que ninguém nos escute): os assassinos fazem grandes favores quando matam alguém. na maioria dos casos, livra-os de futuros cruéis, de destinos ainda mais trágicos.*

eu — *se pensarmos assim, poderíamos libertar todos os assassinos sanguinários que estão presos nas cadeias do mundo inteiro...*

paulo — *não chega a ser exatamente má idéia. discutimos muito isso entre nós, alguns mortos que foram assassinados, e que sabem o quanto isso foi bom para se verem livres de séries de agruras e problemas, defendem a libertação de seus algozes. mas o assunto é polêmico, admito. não chegamos ainda a nenhuma conclusão definitiva.*

eu — *devo matar sem culpa?*

paulo — *sem nenhuma culpa. a morte quase sempre é uma bênção e, no caso específico de sua mãe, um bem-vindo bálsamo. na verdade, você vai fazer com que sua mãe descanse em paz, para sempre. é um presente que vai lhe dar... morri de aids, sofri muito, você acompanhou de perto a minha dor, sabe o quanto penei, toda a minha vaidade transformada num bolo de carne podre na cama de um hospital. mas, hoje sei: a morte foi a melhor coisa que podia ter me acontecido...*

eu — então... estaria cometendo uma boa ação?

paulo — sim... uma boníssima ação...

eu — e que tal ser recompensada por isso, e morrer junto com ela? matar-me com o mesmo veneno que utilizaria para assassiná-la? por favor... por que não?

paulo — sem chance. no way. não fazemos esse tipo de negociação. você pode até tentar se matar com o mesmo veneno com que vai matar sua mãe, mas não vai conseguir morrer...

eu — estou condenada à velhice? é o que a minha mãe me disse hoje...

paulo — ela está absolutamente certa... conforme-se com o destino. digo mais: você e sua mãe têm destinos clonados. ou seja, vocês terão histórias de vida absolutamente idênticas. se você ainda não percebeu, ajudo-a a perceber: o seu pai viveu com sua mãe a mesma quantidade de dias que você viveu com luiz. e mais: você vai ter mal de azheimer, osteoporose e vai implorar a laurinha que a mate... só que, a partir daí, algo muda nessa história. laurinha não vai querer matá-la, por mais que você implore, laurinha não vai matá-la. você vai ter de pagar a alguém que encontrar na rua para fazer isso... na verdade, a um mendigo que encontrar na esquina.

eu — não há nada que possa fazer para mudar isso?

paulo — nada, absolutamente nada. o livre-arbítrio é puro blefe, conversa mole inventada por católicos sem imaginação, não existe. mas tenho boa notícia para você: arranjaremos evidências de que sua mãe morreu de morte natural, de fulminante ataque cardíaco. não vai ser difícil. na verdade, trata-se de mera rotina. acredite: muitos velhos mortos por enfarte do miocárdio foram alguns minutos antes assassinados por alguns dos filhos... às vezes por todos eles reunidos.

eu — *e... vou ser feliz algum dia?*

paulo — *sim e não. como todos as mulheres e todos os homens, vai ter dias de grandes alegrias e dias de grandes tristezas. é o máximo que posso lhe dizer. não posso falar mais nada, tenho de me apressar, o filme vai acabar.*

eu — *ok, paulo, de qualquer forma, obrigado por tudo...'*

paulo — *ia esquecendo... não use faca ou revólver. se o fizer, vai ser mais difícil provarmos (embora tenhamos conseguido êxito em alguns casos) que sua mãe estaria morrendo de ataque cardíaco. use veneno. tem pacote de racumim embaixo da pia da cozinha, ponha na sopa de verduras que ela toma todas as noites antes de dormir.*

eu — *tchau, paulo, e obrigado. quando a gente volta a se ver?*

paulo — *estarei sempre do seu lado, acredite, serei espécie de anjo da guarda, para o bem e para o mal. afinal, gosto muito de você, gosto muito de você, gosto muito de você, gosto muito de você gostomuitodevocêgostomuitodevocêgostomuitodevocê...*

de repente, voz impessoal interrompe o mantra afetivo que me invade a alma e me faz menos infeliz: — *senhora, a sessão já acabou há dez minutos. a senhora quer fazer o favor de se retirar? vamos fechar o cinema.* a volta ao mundo real é difícil, mas preciso sair daqui com urgência. e saio. antes, passo no banheiro e escrevo (*descubro bic no bolso traseiro da calça azul, velha e desbotada*) na porta do lugar onde fiz xixi: quando alguém dorme no cinema, não o acorde. pode estar entrando em contato com seus mortos mais queridos.

23:01h

Pego um táxi. tranco-me a sete chaves: conversa mole com taxista me faz ter ânsias de vômito. *para onde?* a pergunta sai da boca de jovem gordo, não mais de 25 anos, e redondíssima cara de parvo. digo duzentos-e-dezesseis norte e me calo. rezo salve-rainha para o motorista não falar, não puxar papo, não encher meu saco. não quero falar com ninguém. a conversa com paulo me deixou arrasada. vou fazer o que tem de ser feito, ponto final. vou matar minha mãe e dormir. amanhã penso nos funerais. a idéia de passar a madrugada encomendando caixão, providenciando velório e outras burocracias *post-mortem* me azucrina. falta pouco agora, muito pouco mesmo para não estar mais completando quarenta e oito anos, para começar um dia comum em que tudo vai voltar ao normal. estarei órfã amanhã, não precisarei trabalhar amanhã, receberei pêsames (*e a idéia de receber pêsames sempre me agradou mais que a de receber parabéns*) amanhã, enterrarei o corpo magro de minha mãe amanhã. a sensação é de quase felicidade e penso: amanhã será outro dia. a frase scarlet-ohariana, nada original, me irrita. lembra-me o quanto sou medíocre, hoje, amanhã, sempre. ouço (*e tremo, merda, o cara quer conversar mesmo. se atreveu a puxar assunto*): — já levei a senhora em casa várias vezes, a senhora não se lembra de mim? *verdade que a última vez que isso ocorreu a senhora estava meio alta...* finjo que não é comigo (*às vezes dá certo e chego em casa em paz, sem precisar me dar ao trabalho de jogar conversa fora com um otário qualquer*), mas não há ninguém mais a bordo, é comigo mesmo que está falando. murmuro: — não, não lembro... jogo o pescoço para trás, como se quisesse dormir. é jeito sutil de dizer: deixe-me em paz, quero ficar sozinha, tudo o que desejo é que me leve até a merda de minha casa e pronto. o taxista parece não entender a linguagem dos sinais e fala: — *a senhora sabe há quantas horas não durmo?* apalpo, sem pensar, o bolso da calça para ver se encontro metralhadora que possa dar cabo daquela criatura torpe, vil, que não sabe ficar calada. não encontro nada (*chego a pensar em enfiar a caneta bic na nuca do sujeito*) e sou obrigada a dizer: — não faço a menor idéia. esforço-me para não mandá-lo à puta que o pariu: — *o que você tem contra dormir? você vê algo de errado no ato de dormir?* (*e me surpreendo com o inesperado ataque de eloqüência*). o motorista, mais parvo do que nunca, imbecil, escroque, bundão, eu o odeio, eu o odeio (*e odiá-lo-ei até o fim dos meus dias*): — *gosto de dirigir durante a noite, ganho mais dinheiro, encontro as pessoas mais doidas, mais malucas, o que sempre rende conversa interessante. quando amanhece, a idéia de voltar para casa e encontrar minha mulher se queixando da vida, meus dois filhos pequenos chorando e me enchendo o saco, me dá náusea.* (*meu* deus, aquela aparentemente parva criatura também tem a náusea), não nasci pra isso. aí continuo dirigindo. às vezes fico quatro dias sem dormir e sem voltar para casa. merda. vou ter de manter o diálogo, vou ter de abrir mão do meu silêncio. abro — *como você consegue ficar acordado tanto tempo?*

o parvo — tomo remédio, tomo rohypinol, não sinto sono algum.

eu (quase humana, não estou me reconhecendo; é mais forte do que eu): — *você não tem medo de morrer? de bater o carro e morrer?*

o parvo — a idéia é essa.

eu (agora a parva parece ser eu): — *como assim...?*

o ex-parvo — a idéia é morrer, me transformar em mil e um pedaços quando destruir o carro num poste ou em outro automóvel...

a agora parva, eu — *você quer morrer?*

o taxista — o tempo inteiro... só penso nisso.

eu (*não estou só, não estou só, não estou só, nãoestousónãoestousónãoestousónãoestousó*, o mantra martela-me o cérebro): — *e as pessoas que viajam com você? nem todas querem morrer, como você quer. isso não te assusta?*

o taxista — nem um pouco. vou fazer bem enorme a mim e a elas. viver é uma merda. se o mundo fosse bom o dono morava nele.

eu (e, por um momento, oro duas salve-rainhas para que bata o carro agora, comigo dentro, e todos morramos felizes; mas me lembro de paulo dizendo que estou condenada à velhice, meu velho oráculo rubro repetiu a mesma coisa, e constato: não tenho nenhuma chance de morrer agora entre as ferragens de um velho táxi): — *e os seus filhos?*

o taxista — nem sei se são meus. se forem, vão aprender a viver sem mim. *somos fundamentalmente sozinhos. nascemos sós, morremos sós.*

eu *(sentindo enorme vontade de abraçá-lo, de beijá-lo; talvez seja minha alma gêmea)* — *ninguém ama ninguém?*

taxista — *ninguém, minha senhora... qual é o bloco mesmo?*

eu — *h, de helena (e acrescento sem pensar), helena márcia.*

taxista — *quem é helena márcia?*

eu — *não conheço nenhuma helena márcia (mentira, conheço uma helena márcia sim, como posso ter esquecido dela durante todo o dia? foi a minha primeira amiga, líamos, e chorávamos juntas, as fotonovelas estreladas por sandro moretti. morreu atropelada aos treze anos na porta de casa. chorei por dois motivos: 1. sentia a falta dela. 2. tinha inveja, gostaria de ter morrido junto. desejo ardentemente: quero muito encontrá-la na minha próxima sessão espírita-cinematográfica).*

taxista — *tem certeza? algo me diz que houve uma helena márcia importante na sua vida e que você vai revê-la breve...* (tenho vontade de perguntar: como você sabe? mas desisto. preciso perder esta mania de querer entender tudo.) *chegamos... é aqui não é?*

eu — *é, sim. quanto é?*

taxista — *onze reais...*

eu — *ok, aqui está o dinheiro...*

taxista — *obrigado, boa noite. fique com meu cartão, quando quiser os meus serviços, é só ligar.*

eu — *boa noite, e obrigada.*

desço do carro meio hipnotizada. helena márcia, helena márcia, helena márcia *(juramos ficar juntas para sempre, como nos amávamos!).*

como aquele homem parvo sabe da existência de helena márcia? será que já não o havia visto antes? faço esforço de memória: talvez tenha andado no táxi dele outras vezes. talvez. abro o portão, pego o elevador. há luz acesa na sala, minha mãe deve estar acordada. gosto da idéia: não vou precisar acordar para matá-la em seguida. abro a porta, lá está dona alzira sentadinha, banho tomado, saia-e-blusa alvíssimo, imaculado. vestida para morrer. olha-me com olhar carinhoso: — *que bom que você chegou... senti saudade...*

eu (e não estava mentindo) — *também senti saudades, minha mãe.*

mãe — *como foi o dia?*

eu — *como os outros, não fui trabalhar, caminhei, fui ao cinema. e a senhora, o que fez?*

mãe — *tomei banho sozinha. não estou bonita e limpinha? dancei, vi televisão... e arrumei sozinha o seu quarto... as formigas estavam por todos os lugares...*

lembro-me delas, das formigas, vagamente, parece que faz tanto tempo... passo na frente do espelho da sala, me vejo, e me assusto. preciso de um banho de meia hora, daqueles com água e bucha. e de um bom pente.

eu — *vou tomar um bom banho. a senhora deseja alguma coisa?*

mãe — *quero que faça aquela sopa de verduras que só você sabe fazer. você faz?*

eu — *faço sim, minha mãe. também estou com fome.*

volto meia hora depois, com dois pratos de sopa nas mãos. a mesa está posta (*caprichadamente arrumada*): toalha amarela, colheres de prata (*são do meu casamento com seu pai, minha mãe faz questão de ressaltar*), duas velas acesas em castiçais dourados, garrafa de vinho tinto nacional, dois cálices, guardanapos de linho branco. ponho as coisas nos devidos lugares. a envenenada à direita, onde dona alzira tradicionalmente senta. a normal à esquerda, onde sentarei. digo: — *vamos comer?* mainha obedece (*chamava-a assim quando criança*). sentamo-nos. olhos dela têm alegria que não vejo há anos, talvez nunca tenha visto. pergunta, sem conseguir esconder a enorme felicidade que a invade: — *a sopa está devidamente temperada?* e pisca, cúmplice.

eu — *sim, minha mãe, está. a senhora vai gostar...*

ela — *não tenho dúvida... adoro a sopa que você faz. achei que luiz foi idiota ao trocar você por uma mulher mais nova...*

eu — *minha mãeee... por favor, minha mãeeeee... não quero falar sobre isso, a senhora sabe que não gosto...*

ela — *você precisa superar isso. a vida parece ter acabado depois que luiz a largou...*

eu — *minha mãeeee... mude de assunto. por favor..*

ela — *ok. quero dizer apenas que estou feliz, muito feliz esta noite. e você também. eu, porque sei que vou morrer. você, porque sabe que vou morrer. estamos trocando favores...*

eu — *minha mãeee... não quero falar sobre isso...*

ela — *por que não? você está fazendo a caridade de me matar, de me livrar da merda de vida que estou levando... não agüentava mais. em troca, você se livra de mim, você não precisa mais me dar banho e trocar minhas fraldas sujas de bosta...*

eu — *minha mãeeee... pare, minha mãeeee....*

ela — *ok, não vou falar mais sobre isso. vamos fazer um brinde?*
derramo, nervosa, goles de vinho tinto nos dois cálices.
eu — *vamos, sim. vamos brindar a quê, minha mãe?*
ela — *à morte, que demorou mas chegou...*
eu — *minha mãeee, coma logo, minha mãe, coma, se não, vai esfriar..*
ela — *como, sim. mas antes brinde comigo...* (por um minuto, passa pela cabeça que minha mãe possa ter colocado veneno no vinho para que pudéssemos morrer juntas; seria bom demais para ser verdade. de qualquer forma, animo-me e brindo, cheia de esperança).
eu — *à morte.*
ela — *à morte.*
bebemos e comemos. antes de morrer, minha mãe esboça sorriso, agradece (*obrigada, minha filha, obrigada!*) e me felicita (*sei que você não gosta, mas amo você e quero lhe desejar feliz aniversário. feliz aniversário!*). é estranho, mas, pela primeira vez, alguém não me irrita ao me lembrar que completeiquarentaeoitoanosontemcompleteiquarentaeoitoanosontemcompleteiquarentaeoitoanosontem. em seguida, desaba sobre o prato de sopa. fiz o que precisava ser feito (*brinquei um pouco de deus*). quem sabe minha mãe também não fez? a idéia de que o vinho possa estar envenenado me excita. sorvo sofregamente a bebida que resta. meio bêbada (*tenho baixa resistência ao álcool*), deito no chão esperando a morte chegar. mas a morte não vem. o relógio da sala avisa: são duas da manhã de três de agosto de 1997. a vida continua (*pelo menos para mim*). merda.

02:10h

O telefone toca. não atenderei. não atendo. no quinto toque, a secretária eletrônica dispara: deixe recado logo após o sinal ou então ligue mais tarde. ouço voz de criança deixando mensagem: — *alô, alô maria. aqui quem fala é helena márcia, aquela sua amiga de infância que morreu atropelada na porta de casa. lembra? que tal irmos assistir a um filme amanhã no meio da tarde? espero você no cine brasília, às quinze horas, sem falta. sei que você me deseja ver ardentemente. temos muito o que conversar...*

02:15h

estou exausta.
minha coluna dói.
escovo mecanicamente os dentes.
desabo sobre a cama macia.

OlivrodeJosé

dois de julho

de: josek@uau.com.br
para:dante.m@uau.com.br
cc: deus@uau.com.br
assunto: monólogo

caro dante m.,

Sei que você é homem ocupado, aulas, artigos para jornal, livros, palestras, viagens. mas sei também que você é o melhor crítico teatral do país. espero que frederico g. tenha lhe falado a meu respeito. gostaria que você desse lida no texto abaixo. é tentativa de realizar monólogo visceral. obrigado pela atenção.
abs,
josé k.
ps: o título provisório do monólogo é delírio homoerótico sobre a condição humana

(palco nu, ator idem)

Eu sou Rai! Você é Mundo, meu melhor amigo! Minha melhor amiga! Você fala pouco! Ou melhor: nunca fala, mas é superamigo, superamiga. É sempre solidário, me ouve, posso chorar no seu ombro. Às vezes acho que você não existe de tão bom que é. Ando meio tonta ultimamente, talvez triste. É Mundo que me levanta o moral, me reanima, repete sempre, corajoso, destemido: Rai, amanhã será outro dia. Ânimo! Reaja! A vida é bela! Concordo com ele, acabo concordando, bebemos um gole de Campari — adoro a cor da bebida, quando morrer, aliás, quero ser enterrada trajando um vestido cor de Campari. Faço questão! Bebemos goles e mais goles e esquecemos tudo. Nossos cérebros viram uma coisa só e vivemos felizes até o próximo bode, até a próxima crise. Admito: sou um garoto/garota problema, tenho recalques, culpas, inseguranças, todas aquelas coisas que as 'mulheres' foram condenadas a ter/carregar vida afora. Mas nada ainda me fez enlouquecer de vez (pelo menos, por enquanto!), pirar de vez, entrar em outra sintonia. Meu pai, um sisudo senhor de engenho que engravidava branquinhas e negrinhas como se trocasse de cuecas, costumava dizer: o ser humano só poderá ser considerado oficialmente louco quando começar a comer merda e a rasgar dinheiro. Pelo critério dele, que acho profundamente adequado, ainda não cheguei lá, mas não posso ser considerado nenhum modelo de sanidade, não. Não mesmo! Tem dias que acordo, abro o olho, olho para o teto, para a paisagem que se descortina lá fora, e me dá uma espécie de torpor, uma vontade de não fazer porra nenhuma, de sumir da face da terra. É uma dor tão profunda, tão profunda, que saio gritando pelos corredores, quebro copos, pratos, tudo o que estiver ao meu alcance — às vezes a cara de alguém, de algum desconhecido com quem dormi na noite anterior. Mundo me receita drogas de todo o tipo, diz, didático, que a lucidez é insuportável, lamentável, cruel. Não é, Mundo? Esse putinho hoje anda caladíssimo, tem dias que fica assim, se finge de morto, prefere se omitir mergulhando num silêncio sepulcral. Mundo! Mundo! Acorda! Acorda pelo amor de Deus! Estou precisando de você! (Tempo) Mas entendo os motivos para sua mudez e, na verdade, amo-o profundamente por isso, por essa sua capacidade de não dizer as coisas certas nas horas erradas. Amo-o profundamente, Mundo! Para mim você é uma mistura de São Sebastião com Marlon Brando, me aquece, me consola, me faz gozar quando queremos. E isso não é pouco! Não é pouco, garanto! Mundo, eu te amo! Te amo! Quando entro em parafuso porque acho que o homem morreu, acabou, virou pó, o último homem da face da terra sucumbiu e o planeta é hoje habitado por criaturas sem cor, sem alma, sem nada — é ele que me consola, que me faz aquietar o facho. Eventualmente fazemos sexo. Verdade que meio burocraticamente, mas fazemos. Encerramos o dia, fazemos um balanço geral do que rolou, olhamos um para a cara do outro, uma para a cara da outra, e decidimos: hoje só vai dar nós! E damos! Rolamos na cama, transamos, amamo-nos como se fosse o último dia de nossas torpes vidas! É bom! Você também gosta, não gosta, Mundo? É meio incestuoso, admito, mas e daí? É o que está mais a mão, não quero é ficar solitária, sozinha, deixar o esperma se espalhar pelo chão do banheiro... Isso não. Sexo tem de ser a dois, senão fica sem graça, fica uma coisa sem sentido. Ou não? Até com outra pessoa às vezes fica uma coisa assim meio estranha, meio sem nexo, tipo o que é que estou fazendo ali, naquela hora, lambendo o caralho de um cara que, pensando bem, a gente nunca sabe o que passa pela cabeça do sacana, de repente, pode enlouquecer e dar um tiro bem no meio de minha/sua testa, não é verdade? Mundo não gosta quando falo assim, diz que é uma culpa profunda que carrego, que sou a rainha da culpa. Até que não. Não é sempre assim. Às vezes, na maioria das vezes, vou fundo, relaxo, gozo, caio de boca, gulosa, parece que tenho mil bocas, mil cus, mil braços, todos reunidos na sólida decisão de se entregar àquele ritual antiqüíssimo que chamamos de... (Tempo) Gente, como se chama mesmo aquele ato em que duas, três, às vezes dezenas, pessoas se esfregam, se interpenetram e acabam rimando prazer e dor? Mundo, como é mesmo o nome, Mundo? Hoje você está insuportável. Quero que você se foda! Meu Deus, o que está acontecendo comigo? Estou esquecendo os nomes das palavras mais fundamentais... Mundo, Mundo, me ajude! Enfim, na maioria das vezes, sou a rainha da... foda! Isso! Achei! Essa é a palavra. Foda! Por que será que as pessoas dizem, quando querem dizer que a vida é uma merda, que a vida é foda? Se a foda é uma coisa tão boa? Às vezes pode ser ruim, é verdade, mas nunca como a vida... A vida, infelizmente, não é foda. A vida é uma merda mesmo! Perdão, Mundo, sei que você já me pediu mil vezes para não entrar nessa, para não mergulhar nesse lado Lupicínio Rodrigues de ver a vida, mas não resisto... É muito forte, é como a vontade de fazer cocô, vem, simplesmente vem — e nada a contém! Não posso esconder, não quero esconder, estou triste, arrasada, como se tivesse sido atropelada por uma manada de elefantes. Mamãe dizia, repetia mil vezes para mim desde que me entendo por gente, mas não escutei: 'a paixão é um caminhão sem freio descendo ladeira abaixo, desgovernado!' Mas eu amo/amei — e como amo/amei — e não fui/sou correspondida. Sempre tive todos os caralhos que quis, todos os corpos que quis — mas não as pessoas. Existe uma diferença profunda entre corpos e pessoas, você sabe disso, não sabe, Mundo? Tive os corpos mas não tive as pessoas! Já me apaixonei 'n' vezes mas nada tão forte como agora. Pode ser bobagem. Tive uma tia que vivia dizendo que a paixão mais forte era sempre a próxima! Talvez tivesse razão. Mas a verdade é uma só: neste exato momento, 21 horas e 15 minutos do dia 19 de agosto de 1997, estou completamente e doidamente apaixonada por... M. Ele me deixou louca, transformou a minha vida em letra de bolerão cantado por Ângela Maria. Mundo, o que está acontecendo com os homens, Mundo? Estão perdidos, tontos, atarantados, como se tivessem perdido o bonde da história ou pegado o bonde mas descido no ponto errado. Pena que as mulheres não tenham caralho! Estão — estamos! — em crise também mas prefiro elas, com sua maneira peculiar de ver o mundo. Mas não têm aquela coisa dura, maravilhosa, no meio das pernas. Aquela massa de carne vigorosa que nos faz enlouquecer... (Tempo) Falocrata? Eu? Você não tem direito de me chamar assim, Mundo! Você também adora um pau duro enfiado no cu. Não me venha agora dar uma de Madre Tereza de Calcutá. Você está mais para Madre Tereza de Oh! Calcutá, sua puta! Nesse silêncio de gelo em que você se meteu, as pessoas podem até pensar que você é uma criatura respeitável. Não é! Você é tão puta quanto eu, Mundo! Não escondo de ninguém: adoro caralhos pretos, brancos, azuis, lilases, grandes, médios, pequenos, duros, moles ou pururucas — como minha mãe costumava chamá-los quando eles estão num estado intermediário entre o duro e o mole! Gosto deles desde que me entendo por gente. Não tive escolha, não escolhi o objeto de meu desejo. Foi assim, de estalo, pronto! Não fui forçada a nada. Não fui estuprada por nenhum primo mais velho, simplesmente aconteceu. Aos 5, 6 anos, já ficava de vigília para ver o vizinho passar seminu, bíceps de aço, carregando uma enorme massa de carne entre as pernas, realçada por um short apertado, colado, que me permitia ver (ou imaginar — e imaginar é melhor do que ver, não é, Mundo?), ver tudo o que aquele adolescente maravilhoso tinha no meio das coxas. Largaria meus brinquedos todos por aquilo. Trocaria todas as figurinhas carimbadas do meu álbum da seleção brasileira de 1962 por 'aquilo'! 'Aquilo' era fascinante.

Um dia, finalmente, arranjei um jeito de ver — ir além da imaginação — o meu vizinho nu. Não sabia, mas desconfiava: adoraria ver o que havia por baixo daquele calção, sem panos, sem nada me separando daquele bolo de carne que ainda não sabia que formato tinha, mas que já sabia, ou imaginava, seria o objeto de minha adoração eterna. Idolatro caralhos, sim, acho-os simplesmente obras-primas. Deus, em sua infinita sabedoria, sabia o que fazia quando dotou os homens com essas admiráveis espadas de Ogum, dessas armas de letal poder de fogo que afagam e apedrejam, que acarinham e estupram, que fazem gozar e fazem chorar. Você também gosta, Mundo! Não me faça essa cara de santa puta que eu conheço você como a palma de minha mão e sei que você seria capaz de vender a mãe judia a Hitler em troca da possibilidade de ter um caralho enfiado no meio de sua boca enorme e cheia de dentes! Mas do que é que estava falando mesmo, Mundo? Ando desmemoriada, desconcentrada, passada, ultimamente, uma merda! Não consigo me concentrar em nada, sempre dispersa, saco! Mundo, do que é que estava falando mesmo? Ah, do vizinho dos tempos de infância! H — esse era o nome dele — estava estendido nu no chão quente de verão e meu coraçãozinho de garoto bateu descompassado, acelerou, mais forte que o batuque do Olodum, quando o vi, colossal, um deus torrando ao sol do novo mundo. Foi como se uma descarga elétrica me invadisse o corpo inteiro, entrando pelo último fio de cabelo e saindo pelo dedão do pé. Era a mais pura eletricidade! Meu Deus, o que era aquilo que me queimava por dentro, mais gostoso que qualquer pavê de biscoito 'champanhe' que minha mãe fazia, mais inebriante que qualquer tablete de chocolate descendo minha goela abaixo? Era desejo, simplesmente desejo. O impulso inicial foi pular o muro e cair de boca naquele monumental quindim. Não sabia exatamente por que, mas tinha certeza: aquele corpo moreno, pernas grossas, um tórax peludo que acabava em duas bolotas grandes e um pau que, naquele momento, não me pareceu tão grande assim, era a coisa mais linda que meus olhos de garoto já haviam visto... Meus olhos grudaram naquela região coberta de pêlos e meu corpinho de menino tremeu todo. Estava eletrizado! Meu pênis de garotinho intumesceu-se, endureceu, ficou tal e qual uma pedra, esticado, latejando forte. O impulso era: saltar o muro e mergulhar naquele corpo, me lambuzar dele, lambê-lo todo até me fartar! Da mesma forma como lambia o prato com os restos de pudim de leite que mamãe fazia! Mas algo me dizia que estaria fazendo uma coisa proibida, condenada. Ninguém nunca me dissera nada a respeito mas achava que, se ultrapassasse o limite entre o imaginário e o real e satisfizesse o meu desejo, o mundo cairia sobre minha cabeça. Pensei duas vezes antes de agir. Mas agi. Estava sozinho em casa, minha mãe havia saído para fazer compras, meu pai trabalhava, meus irmãos estavam todos na escola e a empregada encarregada de cuidar de mim dormia em berço esplêndido na rede armada na varanda. H. também parecia só. Tinha ouvido alguma coisa a respeito da família dele ter viajado... mas, mesmo que eles estivessem todos em casa, eu precisava provar aquele fruto proibido estendido no quintal vizinho. Olhei pro céu, escuro como chumbo, imaginei que Deus pudesse estar dando uma cochiladinha ou cuidando de coisas mais importantes e, portanto, não registrasse meu delito — e fui à luta! Num pulo, já estava do lado de H., que, surpreso, me olhava com ar de fúria — o que me enchia ainda mais de tesão. Não tinha nenhuma dúvida a respeito do que queria: mirei o objeto de meu desejo e agarrei-o, como se agarrasse uma gostosa barra de chocolate. E era! H. tentou escapar no início... Me lembro que dizia· "Você é uma criança. Sua mãe vai me matar se souber disso!" Mas não escutava mais nada. Só tinha olhos e boca para o caralho de H., que, para minha agradável surpresa, crescia cada vez mais, até se transformar numa enorme espada de Ogum, com sabor de chocolate e gorgonzola. Era bom demais! H. desistiu de resistir e deixava-se possuir por aquele pequeno erê, ávido por sexo, descobrindo o prazer... Suguei o pau dele com fúria e, de repente, uma rajada de líquido branco saiu de dentro da espada de Ogum, como se fossem lavas de um vulcão em erupção, e explodiu no meu rosto. A cena era: H., uivando de prazer, contorcendo-se como se estivesse sendo possuído pelo demônio, virava os olhos, explodia. Eu também. Olhei pro céu — parecia o corpo de H. Contorcia-se também, agitava-se, nuvens escuras fundiam-se umas com as outras, entrelaçavam-se, fodiam-se, e trovões, parecidos com os gritos de prazer de H., ecoavam pelos ares! De repente, um raio caiu sobre um abacateiro próximo de nós. Fugimos. Escapamos. Cada um para um lado, embora naquele exato momento tudo que eu precisava era ficar colado nele para sempre. Voltei para casa. Ao mergulhar nos lençóis macios de minha cama e recapitular a loucura que acabara de cometer, a chuva caiu forte e pesada lá fora. Uma tempestade bíblica desabou dos céus! Associei: sexo, pecado, raios, trovões, castigo de Deus... Mas, em vez de não mais mergulhar nos delírios da carne, incorporei as tempestades ao meu 'modus operandi' sexual. Quando ouço raios e trovões, acompanhados de chuva torrencial, entro em cio, meu corpo estremece de prazer. E mais: quando o mercado sexual está em baixa — ou estou em crise profunda, incapaz de descer até a rua para caçar um corpo — e não encontro ninguém para chamar de meu, ponho no gravador uma fita com ruídos de tempestade, lembro-me de H., de L., de Z., de U., de B., e orgasmo-me todinha! (Tempo) Mundo, por que você está tão calado hoje? O que houve? Com você também foi assim, não foi, Mundo? Você não respondeu a nenhum questionário, optando por isso ou aquilo, não foi? Por isso cago e ando para uns e outros que andam querendo transformar homossexualismo (que palavrinha horrorosa!) em ideologia e ficam espalhando por aí que escolhemos a nossa própria sexualidade. No cu! Não escolhi porra nenhuma! Estava escrito nas estrelas, impresso no meu material genético, sei lá, mas escolha consciente é que não foi. Um dia, aliás, Mundo, não foi, Mundo?, me perguntou: se você tivesse podido escolher, você escolheria ser assim, digamos, diferente dos outros? Sabe que eu não sei? Talvez optasse pela heterossexualidade, desconfio que talvez fosse mais cômodo, menos complicado. Será? Não me garantiria a felicidade, mas viver eternamente nas sombras não é muito saudável, não! Imagine a cena, Mundo, eu e você nos beijando no elevador social de um prédio qualquer do planeta, cercado por uma família padrão, classe média típica! Seria como soltar um peido num elevador lotado! Por mais que o mundo evolua (será que evoluiu mesmo, Mundo?) ninguém aceita assim tão facilmente a existência do 'diferente', do que não reproduz os padrões morais e estéticos da 'maioria' branca, heterossexual, é influência sua, só pode ser. Nunca fui chegado a essas coisas, mas... talvez seja um jeito de fugir do tema central desse desabafo existencial: 'quem eu quero não me quer, quem me quer mandei embora.' Às vezes fumo maconha, tomo um ácido (sou antiga, sim! Ainda tomo um ácido de vez em quando!) e deliro: acho que o ser humano é basicamente homossexual, o heterossexualismo, sim, é uma perversão legitimada pela necessidade de o ser humano procriar, ter continuidade. Mundo — não é, Mundo? — me chama de 'delirótica'. Delirótica? Delirótica é uma palavra que Mundo inventou para definir meus ataques... Acho mais ainda: as neuroses humanas advêm da necessidade do homem de se adequar a esses padrões sexuais estabelecidos sabe-se lá por quem! O homem precisa lutar consigo mesmo para não ser homossexual, daí os conflitos, as neuras... (De repente) Mundo, por favor, Mundo, não me deixe aqui falando sozinha! Odeio monólogos! Fale alguma coisa, Mundo, fale pelo amor de Deus! (Tempo) Ah, foda-se! Pois é. Mas falava do que mesmo? Ah sim, sobre o viado que dorme, sob efeito de fortes soníferos, no peito de todo homem que habita o planeta Terra. Enfim, o homem passa a vida inteira tentando manter fechada essa porta que o ligaria à homossexualidade perdida, mas atávica. Resumo da ópera: sem controle social, seríamos todos homossexuais! E bye bye espécie humana! Mas, com o avanço da tecnologia, que tal seguirmos os nossos impulsos básicos e deixar que a engenharia genética cuide do resto — construindo nossos filhos e netos? (De repente) Que viagem é essa? Parece que incorporei um viado com pretensões alarmistas... Do que é que estou falando mesmo, Mundo? 'Quem me quer mandei embora...' (Cantarolando) O puta fora que levei, que tenho levado, do homem amado, idolatrado... Ele se chamava... Se chama ainda, mas para mim ele morreu e está enterrado para sempre. Será? Será que eu esqueci M., Mundo? Será? Quero que M. morra! Quero que M. Morra. Vou escrever na lousa mil vezes: quero que M. morra! Quero que M. morra! Morra! Morra! Morra! Meu Deus, estou perdendo o controle! Controle-se Rai! Controle-se Rai! Retorne a seu eixo! Retorne — eu estou mandando! Retorne! Retorne! Retorne, porra! Pare de fazer escândalo na frente de Mundo! Pare! Retorne a seu eixo! Retorne! 10, 9, 8, 7, 6, 5, 4, 3, 2, 1, 0... Retornei... Voltei ao meu controle. Voltei ao meu normal! Continuo querendo que M. se foda — mas estou mais calma. Estou retornada ao meu eixo. M. é um cachorro! (Dramática) Oh, Deus, por que abandonaste esta serva fiel?

(Recita)

"Quando à noite/retorno ao meu lar abandonado/onde vivo/ sem ninguém/relembrando/os momentos felizes do passado/ sinto falta de alguém/que foi meu grande amor/em meu quarto ansiosa de beijos/amargando os meus desejos/vejo a noite caminhar/vem, amor/que é fria a madrugada/e eu não sou mais nada/sem teu calor."

(Dobrando-se, como se agradecesse a um público invisível) Merci, merci, merci! Numa hora dessas só Ângela Maria na veia para me acalmar! Ou para me tornar mais louca ainda! (Voltando a entrar em transe) Mundo, socorro, Mundo! I need somebody, help! Eu vou fazer picadinho daquele filho da puta e jogar pros porcos! Pros porcos! Ah... Ah... Ah (Dá um grito primal, desesperado, e cai ao chão. Aos poucos vai se levantando, recompõe-se, olha em volta e encara Mundo. Parece mais calma) Nada como um bom grito para lavar a alma! Vamos gritar juntos, Mundo, para lavar as nossas almas. Vamos, nós duas juntas, gritar. Vamos! Aaaaaaaaaaaaaaaaah! Aaaaaaaaaaaaaaaah! Que maravilha! Sinto-me uma outra mulher. Quero que M. encontre a paz que ele não merece. Mas, agora, em paz comigo mesma, vou falar do quê? Vou falar do quê, Mundo? Você podia me ajudar, Mundo, ser uma espécie de ponto de teatro, daqueles que sopram a fala quando o ator esquece. Deu um branco agora. Nesses tempos parece que meu único assunto é

M., a situação de abandono em que me deixou. É, digamos, o meu tema recorrente. Mas meu repertório, em tempos de paz, é, acredite, bem mais vasto, bem mais amplo. Falo de outros temas, discuto política, penso sobre a vida nesse final de milênio. Tudo, no entanto, vai por água abaixo quando sou abandonada por um homem, ainda que isso aconteça pela milionésima vez. Sei lá, acho que sempre escolho a pessoa errada, erradíssima. Nunca acerto o alvo. No começo tudo parece ir bem, o novo homem amado parece ser aquele que vai me acompanhar até o fim dos meus dias. De repente, quando a rotina começa a se estabelecer, tudo despenca espetacularmente. Mundo diz que é a minha síndrome de Cinderela, a minha sede de ir ao pote, a minha vontade irremovível de viver com o homem amado para sempre. Isso, diz ele, assusta os homens, que, atualmente, correm mais do casamento, do compromisso, do que o diabo da cruz. Mas assumo, confesso: sou uma romântica incurável, queria casar, ter filhos, lavar a cueca suja do amado, poder beijar o maridão na porta do elevador quando ele voltasse, cansado, do trabalho. Queria beijá-lo em praça pública, num parque, cercada por famílias bem comportadas. Por que não? Por que estamos condenados a viver nas sombras, nas catacumbas, sempre escondendo os nossos desejos? Dia desses ouvi uma conversa num bar. Estava sozinha, era hora do almoço, e escutei. Adoro ouvir conversa alheia, sou a maior ladra de conversas que há por aí. Um cara de meia-idade, até bonito visto sob determinados ângulos, conversava com uma moça loira. Ele dizia que a compreensão e a tolerância em relação aos homossexuais (pessoas como eu — e como você, Mundo?) não mudaram nada nos últimos séculos. Tudo continuava — e continua — como dantes no quartel de Abrantes, dizia o guapo quarentão. A mulher discordava. Dizia que os tempos eram outros, que a humanidade está mais aberta às diferenças, que hoje muito mais gente aceita a situação numa boa. Ele se inflamava, afirmava que o número dos que aceitam o comportamento homossexual aumentou porque a população aumentou — e só! Nada mais que isso. Percentualmente, tudo continua como antes! Saí do restaurante achando que aquele homem tinha razão. Nada mudou muito. Seremos provavelmente os judeus do próximo holocausto... Talvez seja mania de perseguição advinda do meu complexo de culpa. Talvez. Mas entro em pânico com a idéia de um dia sermos perseguidos por cães farejadores, treinados para caçar homossexuais pelo cheiro que eles emanam... Mas será que temos algum cheiro diferente que nos marque, que nos amaldiçoe? Acho que tenho esse cheiro quando estou apaixonada como agora. É uma coisa tão profunda, tão visceral que deve provocar mudanças e modificações na minha anatomia interna, capaz de fazer minhas glândulas produzirem outro tipo de suor, outro tipo de lágrimas. Minhas secreções de todo tipo, creio, ficam diferentes, com um cheiro forte — algo próximo do cheiro de queijo gorgonzola (o mesmo do cheiro do pau de H., minha primeira aventura sexual, lembra?!)... Meu relógio biológico enlouquece, pira, parece fulminado por uma força magnética capaz de mover objetos de toneladas de peso. Muda a cor do meu mijo, que ganha uma tonalidade mais rosada, quase vermelha. Será que é assim com todo mundo, Mundo? Não precisa responder... Você vai me dizer, como sempre, que sou uma romântica incorrigível que somatiza até a própria paixão. Mundo acha que, talvez em outra encarnação, eu tenha sido um tirano que transformava mulheres e homens em vassalos sexuais para satisfazer todos os seus/meus caprichos. Talvez. E que agora preciso expiar minhas culpas, transformando-me em vítima de eternas paixões não correspondidas. Não correspondida não é exatamente a expressão adequada. No início, tudo parece correr às mil maravilhas. O período que eu chamo de fase 1 é magnífico. Olhos nos olhos (é nos olhos que eu me fixo quando quero conquistar alguém!), geralmente num bar, na rua, no metrô, uma vez no Parque Montsourris, em Paris... Depois, aquelas conversas que sempre se repetem quando alguém quer conquistar alguém desde que o mundo é mundo... tipo signo, preferências culturais, idade, sexo e outras coisas mais. Tudo parece encantador, até o mau hálito que a outra pessoa eventualmente emana ao lhe beijar na boca... Se bem que encontrar homens dispostos a beijar outros homens na boca está cada vez mais raro. Por que será que os homens 'tabuseiam' uma prática sexual tão singela? São capazes de deixar-se enrabar por gigantescos caralhos sem camisinha ou lamber o cu do parceiro até os intestinos, mas são incapazes de beijar na boca. Por que será? Mundo, na sua infinita capacidade de buscar explicações teóricas para coisas aparentemente inexplicáveis, diz que, quando um homem beija outro, há uma fusão de almas, uma troca de substâncias básicas que o faz tornar-se frágil, vulnerável, pertencente, escravo do outro. Não sei de onde ele tirou isso e não creio que tenha nenhum sentido. Já encontrei homens que me beijaram com a mais absoluta convicção dezenas de vezes, sugaram minha língua com um fervor quase cívico, e, depois, sumiram do mapa, evaporaram-se. Mas do que estava falando mesmo? Mundo, me ajude! Ah, da fase 1, a fase do encantamento, quando tudo são flores. Geralmente não chego a passar para a fase 2, o casamento propriamente dito. Antes que isso aconteça, sou invariavelmente rejeitada. A senha, parece, para que as coisas comecem a esfriar é dizer frases como 'eu te amo', 'te quero para sempre', 'você vai ser meu e de mais ninguém', coisas assim. Mundo vive me dizendo que eu devia verbalizar menos e foder mais — e melhor! Que o segredo é não falar e sim agir. Mas não sei ser assim! Sinto uma necessidade imperiosa de falar. Talvez acredite que a palavra tenha o poder mágico de aprisionar o objeto do desejo. E falo, falo, falo, falo, falo, falo, falo, falo! Falo! Sou um falocrata! Acredito no poder da fala. Acredito no poder do 'falo', do eu 'falo'. Depois de um exercício verbal em que afirmo amar a pessoa com quem estou por todas as gerações que virão a seguir, há uma espécie de choque térmico, a pessoa se retrai, como se recebesse uma descarga elétrica nos testículos, um soco no estômago, e foge, simplesmente foge. Foi assim com M., o homem por quem os meus sinos bimbalham atualmente... bimbalham é pouco! Por que a gente elege alguém para amar, Mundo? Que porra de alquimia faz alguém se apaixonar por outro, como estou agora apaixonada por M.? Seria capaz de comer a merda dele e achá-la com sabor de um fino prato da culinária francesa. Estaria então perto do conceito de loucura que meu pai vivia me repetindo: o homem começa a enlouquecer quando passa a rasgar dinheiro e a comer merda. Mas, acho, papai estava se referindo ao fato de o homem comer a sua própria merda. Comer a merda do homem amado não seria sintoma de loucura e sim de entrega, de paixão, da mais absoluta e total paixão. Conheço caras casados (eles ainda existem, mas geralmente se formaram antes dessa maldita doença se espalhar por aí!) que dormem em quartos separados, cagam e tomam banho em banheiros separados... Eu não! Se Deus (ou fosse lá quem fosse!) me tivesse dado a chance de passar à fase 2, o casamento, eu seria a mais amélia das mulheres! Daria banho, limparia a bundinha, punha talco. Sorveria o peido de M. como se fosse o mais refinado perfume. Beberia todas as suas secreções, todos os seus líquidos. Podem me chamar de irresponsável, mas abomino a assepsia broxante daquelas camisinhas de borracha que os homens atualmente enfiam nos paus, tentando desesperadamente desvincular o prazer e o sexo da idéia de morte. Como se isso fosse possível! Melhor morrer de amor, por amor ou por causa do amor do que morrer, bobamente, atropelado por um ônibus, fulminado por um raio, assassinado por um desconhecido numa esquina qualquer do planeta. Eu — e acho que todo ser humano deveria ter o direito de escolher o jeito certo de morrer — quero morrer de amor e por amor. Todo homem devia escolher a sua maneira de morrer. Ou seja: cada um deveria ser Deus de si mesmo! É o que quero! É o que proponho! Cago e ando, portanto, para qualquer tentativa de me proteger contra a Aids ou qualquer outra forma de morrer! Que merda tem na cabeça o homem ou mulher que pensa duas vezes antes de se envolver com um HIV positivo e, quando se envolve, usa três, quatro camisinhas na hora de transar? Tou fora! Se me apaixonar por um aidético — e ele por mim — bebo o sangue dele de canudinho, até a última gota! Mundo vive me enchendo o saco, afirmando que é melhor me imolar em praça pública, pelo menos sai nos jornais, ele diz, do que me deixar contaminar com o vírus letal do homem amado. Mas existe forma mais sublime de morrer do que deixar-se contaminar pelo sangue virotizado do homem amado? Não tenho Aids. Em compensação, sou extremamente infeliz. A vida é um sopro. Alguém já disse e eu aprovo: melhor morrer de vodca do que de tédio. Melhor morrer de amor do que de tédio. Já pensei em colocar no jornal: jovem (sou jovem ainda!) saudável e solitário procura parceiro portador do HIV para troca de sangue, sêmen e muito amor. Aliás, proponho isso como plataforma de vida: morrer e viver de amor. M. pode/podia ser o diabo que seja/fosse, mas meu amor por ele foi/é incondicional. (Mudando de tom, rapidamente) M., por onde andarás nestas tardes vazias? Em que bar, em que cinema, te esqueces de mim? Quero, preciso, injetar o sangue de M. na minha veia. M.! M.! M.! Preciso de você! Seu porra, seu puto, fica por aí cafungando bocetas alheias e eu aqui sozinha, frustrada, arrasada de amor, parecendo letra de canção de Ângela Rô Rô. M. começou a sumir aos poucos, deixou de aparecer às quintas-feiras, passou a ter finais de semana cada vez mais ocupados, viajando sempre... De repente, uma língua viperina me ligou, avisando: 'seu bofe (naquela linguagem ordinária dos viados!) anda saindo com uma belíssima racha.' Como odeio o linguajar de baixo calão de meus coleguinhas de desejo! Odeio homossexuais! São fúteis, cruéis, falsos, parecem um voraz exército de gralhas dispostas a tudo para ter um pau bombeando esperma nas suas entranhas! Odeio viados! Prefiro as mulheres, embora não consiga desejá-las sexualmente. Meu homem ideal tem o cérebro e a sensibilidade da mulher e o caralho do homem! Gente, como sou genital! Por que será que aquele pedaço de carne pendurado entre as pernas dos homens nos fascina tanto, hein, Mundo? Por que será? Juro que não entendo por quê! Aparentemente é um penduricalho tão banal, tão feio até, mas provoca em mim — em nós, não é, Mundo? — um frenesi, uma revolução, um terremoto que me faz enlouquecer. M., nos bons e inesquecíveis momentos da fase 1, sabia de minha paixão pelo pau dele e me enlouquecia desfilando de joelhos sobre a minha cabeça deitada na cama desfeita. Quando passeava lentamente o seu enorme caralho por minha testa, sobrancelhas, olhos, nariz, boca, queixo, pescoço, eu entrava em transe. Ele fugia, o que me despertava ainda mais tesão e eu disparava atrás dele, enquanto ele gargalhava e repetia: 'Começaste a enlouquecer de novo, cobrinha multicor? Começaste a enlouquecer de novo, cobrinha multicor?' Acabávamos nos transformando num corpo só numa parte qualquer da casa, uivando como coiotes no cio. Lambia — e bebia tudo que vinha de M. Saliva, suor, esperma, tudo. Vez em quando M. pedia para bater na cara dele. Eu batia, porque o amava — e amo! — e fazia/faço tudo o que ele me pedia/pede. Mas chorava também: tinha dó daquela cara linda sendo amassada por meus tabefes... Ele me implorava que agisse assim... Gritava, enlouquecido: bate com força, sua puta, sua cadela. Às vezes me chamava de mainha. Berrava: me bate, mainha! Batia com mais força ainda, sem dó, nem piedade. Mainha, uma porra! Ficava com raiva, odiava quando ele me chamava de mainha. E batia com toda a força de que dispunha! Ele percebia, gostava e me chamava de mainha com uma freqüência cada vez maior! Mundo, Mundo, Mundo, preciso desesperadamente de alguém que me chame de mainha! (Recompondo-se) Mundo, me ajude, por favor, vem me aquecer neste inverno, neste inferno. Não quero ficar fodendo virtualmente. É muito para minha cabeça. Noite dessas, três da manhã, tentei. Juro que tentei. Depois de enfrentar adolescentes com nicknames obviamente mentirosos que geralmente davam idéia do tamanho de seus caralhos — e, por tabela, de seus cérebros! — deparei com um tal de lobão que, mais tarde, depois de muito papo furado, disse ser psicólogo e professor universitário, pai de três filhos adolescentes, ter 39 anos e meio, e adorar foder virtualmente. Resisti à idéia, preferi ficar no papo furado, tentando descobrir o que aquele maluco fazia com a cabecinha de seus clientes na uterinidade de um divã. Ele jurava que conseguia separar uma coisa da outra, não misturava as estações. Acreditei — afinal eram quase quatro da manhã! Ameacei me despedir. Ele berrou em letras garrafais que gritaram no vídeo de meu computador: 'Você me excitou, cara, e agora vai me deixar aqui sozinho? Vamos foder virtualmente?', perguntava. E acrescentava: 'É só acompanhar o meu raciocínio. Vou escrevendo coisas e você acrescenta outras coisas mais e me manda de volta!' Tentei. Juro que tentei. Apertei o gatilho do teclado e fui derramando o que me vinha à cabeça, tipo quero chupar seu pauzão, fode minha bunda, goza na minha boca — e coisas do gênero. De repente, o psicólogo, cartesiano até na hora de foder via Internet, exclama: 'Você não está dando continuidade às minhas frases. Quero que você complete as minhas frases, como se elas fossem suas! Ao não agir dessa forma, não há diálogo e, conseqüentemente, parceria sexual!' Parceria sexual? Puta que pariu! Que parceria sexual poderia haver entre um cara em Salvador e o outro em Fortaleza, em frente a dois frios computadores? Fui grosso, escrevi: 'Você quer foder ou praticar nado sincronizado?' Pensei que ele sumiria da tela mas voltou: 'Imagine meu pau descendo por suas coxas grossas, entrando no seu cuzinho molhado de saliva...' Pensei em desistir. Mas fui em frente. Acabei escrevendo uma montanha de sandices, que ele me respondia cada vez mais velozmente. Era o orgasmo chegando. De repente, explode na tela: GOOOOOZEEEEIIIII! Olhei pro meu pau: parecia gato de armazém. Não havia saído de cima do saco. O cearense, exaltado e orgulhoso, comemorava: 'Já limpou o seu teclado, todo sujo de porra?' Não quero isso na minha velhice! É demais pra minha cabeça. Prefiro sentir o hálito do objeto amado, sentir os cheiros todos, carne entrando na carne, pau entrando no cu, de fato, na real, rasgando tudo que vai encontrando pela frente e não essa merda de foda virtual. Coisa de viado cagão, com medo da vida, com medo da morte, com medo de existir! Tô fora, Mundo! Não quero compactuar com esse império da impessoalidade. Podem me chamar de bicha velha, parada no tempo, do que for, não quero... e pronto! Quero M. fungando de prazer no meu cangote e pedindo para eu bater na cara dele. Quero pele com pele, sangue com sangue. Você não sabe M., como é grande o meu amor por você! Mundo, por que será que estou tão inadequado, tão fora de foco, tão, digamos, mal escalado? Parece que estou na novela errada, no filme errado, na cena errada. Talvez precise aprender a ser só, mas não consigo! Ou não quero? Na verdade, acho a solidão uma bosta, uma judiação, uma facada profunda no meu baixo-ventre. Não quero aprender a ser só, porra! Uma vez tentei pagar um cara para ficar comigo. Pagava bem. Meu problema não é social, tenho dinheiro suficiente para viver até o ano 3000. Por que, portanto, não comprar um homem como se compra um carro zero?

Foi o que Mundo acabou me convencendo a fazer. Fiz. Saí com ele pelos lugares certos para esse tipo de compra. Bares, boates, alguns lugares barra-pesada, mais oferta que procura, o que tornava o negócio mais fácil. A mercadoria não era das melhores: garotos de 17, com corpinho de 20, cabeça de 5 e insuportáveis cheiros de perfumes baratos. Expunham seus atributos com uma calma admirável: caralhos curtos e grossos, cumpridos e finos, finos e curtos, grossos e longos, de todo tipo. Deixavam-se apalpar também. Um mais atrevido, rosnou: 'Fique à vontade, tio! Pode verificar, sou caro mas valho a pena. Alguma vez na vida já viu um pau tão bonito quanto o meu? Sim ou não?' Talvez não tivesse visto mesmo — não tinha certeza, já tinha visto tantos! — mas garanti: 'Não!' Encarei o garoto — não muito alto, corpo malhado, pernas fortes, moreno, cabelos pretos, olhos felizes com o meu elogio — e não vi nada mais que um corpo — e queria comprar uma pessoa! Voltei para casa e no caminho Mundo me encheu o saco com uma de suas máximas mais definitivas: 'Compram-se corpos, nunca pessoas. Aprenda!' Então não haveria negócio: ou comprava uma pessoa ou não comprava nada. Não queria mais um eletrodoméstico em casa. Queria um ser humano, que reagisse e contracenasse comigo, que me odiasse ou me amasse por livre e espontânea vontade; que não visse o meu cu apenas como um buraco quente capaz de lhe proporcionar a possibilidade de comprar um Reebok novo a cada mês! Posso estar sendo, como diria mesmo Mundo?, posso estar sendo... achei.. dramática, dramática, mas não vou mudar, não quero mudar! Sou romântica: choro até assistindo a cena de casamento em novela de tevê. Quando irmã Dulce morreu passei três dias em prantos. Como, Mundo, você quer que eu, essa romântica incurável, compre um homem como se compra uma bicicleta Monark? Sei que vou pagar — estou pagando — caro por isso, mas fazer o quê? Mudar? Mudar como? Algumas coisas vão ficando cada vez mais crônicas dentro da gente à medida que envelhecemos. Essa minha incapacidade de encarar a vida como ela é vai junto comigo para o túmulo. Parece hereditário: minha mãe amou meu pai como se ele fosse o último! Janice — esse era o nome dela — preferia ficar em casa fresquinha, banho tomado, jantar pronto, lavando cueca suja de bosta e porra, esperando meu pai chegar da farra, às vezes, geralmente, de madrugada. Nunca se arrependeu disso. Ao contrário: orgulhava-se de seu 'amelianismo', indignava-se contra as mulheres que competiam com os maridos e trabalhavam fora de casa. 'Umas ordinárias', pregava minha mãe, que começou a morrer quando soube que o homem que amava acima de todas as coisas a traía com mil e uma putinhas e até mesmo com uma vizinha da bunda grande que se dizia a melhor amiga de mamãe. Mas nunca deixou de amá-lo, de recebê-lo principescamente no final do dia, uma santa a minha mãe! Sou igualzinha a ela! Só que não acho um homem assim mais! Um homem que se deixe amar incondicionalmente, sem culpas. (Tempo) Mundo, você está aí mesmo? Está tão calado que parece ter morrido! Odeio quando você age assim dessa forma, odeio! Você sabe que essa é uma forma baixa de me atingir. Odeio silêncios! Odeio gente que liga procê de madrugada, no meio da tarde, a qualquer hora e... desliga. São uns filhos da puta! Já não aconteceu com você, Mundo? As pessoas temem falar umas com as outras, pensam duas vezes antes de ligar, ligam e... empacam. Devem pensar: será que fulano ou beltrano vai estar interessado em me ouvir? E desistem! E você, no outro lado da linha, fica com cara de tacho, repetindo, repetindo: alô, alô, alô! Uma certa vez achei que tinha me apaixonado por um certo cara que conheci no carnaval de Florianópolis. Me 'apaixonei' (aspas) por ele no exato momento em que ele caiu bêbado numa sarjeta à minha frente. Foi um erro brutal. O cara era tão enrustido que ficou meses deixando murmúrios, gemidos, sussurros na minha secretária eletrônica. Um dia soube por alguém, não lembro mais quem, casou-se com uma menina, uma lésbica famosa no pedaço. Seis meses depois cruzo com a moça numa festa de aniversário e ela me confessa: 'P. gosta mesmo é de ser penetrado. Você não quer tentar recomeçar aquela história iniciada naquele carnaval?' Tá boa santa! Rodei a baiana, mandei ela à merda! Bicha de merda! Povinho de merda! Que ela pegasse o cu do marido dela e expusesse em via pública, ao lado de uma plaquinha: 'tenha pena desse pobre viado, coma sua bunda pelo amor de deus!' Eu tava forésima! Eu estou forésima: tou no lugar errado, na hora errada, no momento errado. Sou um tremendo erro de 'casting'. Não sou predador — não que eu não queira, eu não consigo, simplesmente não consigo! — como a maioria dos viados que conheço. Não que eu seja melhor que eles... Ou sou? Acho que sou sim. Os viados são terríveis predadores, querem apenas satisfazer seus desejos mais secretos e beijinho, beijinho, tchau, tchau! Conheci um viado militante que vivia tentando me convencer que os homossexuais deviam se unir contra os machistas e heterossexuais! No cu! Não vou amar alguém pelo simples fato de ele gostar tanto de um caralho quanto eu! Tem sentido isso, Mundo? Pensa bem! (Tempo) Odeio esse tema! Mas é uma forma de fugir do ponto central: meu amor por M. Mundo, por favor, me diga, o que faço de minha vida? Não adianta receitar drogas! Tou cheio delas! Quero lucidez na veia! Chega de fantasia! (Pensa) Será que chega mesmo? A vida sem um pouquinho de fantasia tem algum sentido? Não era melhor cortar os pulsos e deixar o sangue escorrer no chão branco do banheiro? Ou fingir que não escutou o rapaz de 17 anos que te pediu dinheiro numa rua escura de Montevidéu te chamar de Matusalém? Fingir que tudo vai bem, ouvir João Gilberto e Chet Baker na vitrola e deixar rolar um fuminho maneiro, ver a vida com outros olhos, com olhos de criança cheia de entusiasmo com o novo brinquedo que ganhou do pai que chegou de viagem! A maconha me deixa assim, me relaxa, me amacia, me deixa boba, até feliz, meio poliana até! Mas me canso rápido desse personagem e franzo a testa, faço uma careta e descubro no fundo da alma alguma coisa que me faça lembrar que a vida não é nenhum mar de rosas e eu estou longe de ser uma sósia de Romy Schneider na fase Sissi, a imperatriz da Áustria! Preciso loucamente de meu lado sombrio para sobreviver! Sou de uma época em que a felicidade era uma coisa careta. Pior: acreditei nisso. Acredito. Viver é sofrer. E ponto! (Tempo) Sabe de uma coisa, Mundo? Cansei de seu silêncio. Chega de conversa! Chega, aliás, de não conversa! Foda-se! Foda-se! (Tempo) De que vale tudo isso, M., meu amor, se você não está aqui? De que vale tudo isso, meu amor, se você não está aqui, porra? Vou ter de apelar para aquele velho e sujo truque de sempre? Por que não? Vou ter de apelar para aquele velho e sujo truque de sempre? Vou. Explico: em noites em que tudo dá errado — como hoje, por exemplo — faço assim: ligo o gravador (Ouvem-se sons de trovões, raios, tempestades), respiro profundamente o ar que respiro, relaxo e... gozo! (Masturba-se calmamente no início e, aos poucos, freneticamente. No auge do prazer grita) Eparrêi! (e cai ao solo).

nove de julho

de: josek@uau.com.br
para: paulap@uau.com.br
cc: deus@will.com
assunto: coisas da vida 1

tudo bem com vc? estou me sentindo à beira do apocalipse físico e mental. conviver com juliano c. é cada vez mais insuportável. não agüento mais a cara dele, o hálito de cigarro dele, a cara de bunda dele, a bunda dele. um horror. quinze anos de casamento fazem qualquer príncipe virar sapo. quero mandá-lo à merda, mas não tenho coragem. acho q não sobreviveria sem mim. acho q não sobreviveria sem ele. tenho me masturbado muito na internet. e só. o nível mental dos caras dos chats gays é lamentável. eventualmente rendem punheta, mas procuro mais q isso. hoje, agora são três e quinze da tarde, fui dormir às seis da manhã, caçando desesperadamente alguém interessante. nada. estou pensando em sair de são paulo, pensei em londres, macapá, la paz. como vc pode constatar, não tenho a mínima idéia do q quero. tb no campo espiritual. fiz primeira sessão de tai chi chuan semana passada, mas me senti ridículo. ah, este ceticismo vai acabar comigo. não consigo crer em nada, mergulhar em nada, estou absolutamente órfão. andei lendo sobre budismo uma certa época (lembra?), mas não consigo me ver num templo entoando mantras religiosos. liguei para o cvv na semana passada, me oferecendo como voluntário para atender, pelo telefone, pessoas desesperadas, querendo morrer, mas não sei se tenho estrutura para conviver com esses dramas. são apenas quatro horas por semana, duas vezes por mês, mas não sei, pode ser barra-pesada demais. o que vc acha? a orfandade é uma bosta. vc, por exemplo, pratica um ecumenismo religioso (o paulap.nismo, como o david chama) q me emociona. morro de inveja de vc. queria ser assim. me agarrar no primeiro messias q passasse, ir atrás dele, ser discípulo dele, entrar em transe, mergulhar em cavernas escuras com um monte de mulheres nuas e descobrir o sentido da vida. mas nada disso faz sentido para mim. dia desses encontrei velha senhora no metrô. garantiu-me q tinha contatos mediúnicos com minha mãe morta: o nome dela não era cecília?. era estranho q me abordasse entre milhares de outras pessoas e mais estranho ainda q soubesse o nome de minha mãe. desci na estação santa cecília e entendi tudo: era uma maluca, para ela todas as mães deviam se chamar cecília. não levo jeito para essas coisas do além. minha mãe morreu chamando por mim e nunca a revi, nem sequer em sonhos. p q então apareceria para aquela velha sarará e desdentada? mandei aquele monólogo q escrevi para o crítico teatral dante m. ler. vc acha q fiz bem? mas cansei de ficar mostrando pros amigos, vc inclusive, e ninguém falar nada a respeito. quer ir ao cinema comigo amanhã? celso v. chegou de paris e vai dar festa amanhã em casarão do alto de pinheiros. estou querendo ir. vamos?

ps: não pense q enlouqueci colocando no c.c um e-mail imaginário: deus@will.com. quem sabe ELE não responde? preciso de novos amigos.

dez de julho

de: josek@uau.com.br
para: paulap@uau.com.br
cc: deus@will.com
assunto: coisas da vida 1

Vc é uma cachorra. não deu resposta, não deu retorno aos recados q deixei na secretária eletrônica. onde vc se meteu? preciso de vc, paula p., muito. o juliano c. está me enlouquecendo. ainda gostamos de trepar. mas isso não basta. às vezes me flagro desejando q morra, q caia no buraco do metrô e desapareça. volto da rua e, no meio do trânsito engarrafado, vejo-o morto, esfaqueado sobre a cama ou enforcado no banheiro com o fio do ferro elétrico, não suporto mais deitarmos no sofá e ficarmos vendo televisão. a falta do q fazer, a falta de trabalho, está me enlouquecendo. se vc souber de algum frila, por favor, me avise. por favor. ficar sem fazer nada em são paulo é cruel, é morrer aos pouquinhos. vejo filmes, leio livros, navego na internet, mas nada parece ter sentido. não consigo criar nada.

escrevi aquele monólogo (que vc e nenhum dos meus amigos ousou falar nada. p q?) há quase um ano e foi só. preciso me ocupar, se não, vou ficar maluco. dei alta ao analista, fiquei lhe devendo trezentos reais, e não vou pagar nunca, não o suportava mais, era um filho da puta. dizia a mesma coisa q todos os outros, o problema era eu, q precisava mudar a maneira de ver o mundo. falei/perguntei: q tal o mundo mudar a maneira de me ver? levantei, bati a porta e me mandei. fui à festa de celso v., longe pracaralho, o pneu furou no caminho, fiquei com a bunda pra cima trocando a merda do pneu. horror, horror. tomei todas antes de ir, cinco doses de uísque, quatro garrafas de cerveja, o diabo. ir de cara a essas festas está fora de questão. nem assim consegui entrar no clima. muita gente conhecida, estavam todos lá, mas ninguém q me agradasse, q me fizesse sair da lama. dancei um pouco, conversei bobagens com uns e outros e vim embora. sempre q volto dessas festas, digo q não volto mais a lugares assim: as pessoas parecem apenas querer exibir o último modelito. contato físico, contato humano, q é bom, nada. acabei de ligar pra vc e atendeu a merda da secretária eletrônica. onde vc se meteu, paula p.? alguém me contou na festa do celso v. q vc teve recaída e voltou com o frederico g. verdade? se isso tiver acontecido, vou amaldiçoar vc e todas as mulheres do mundo q voltam para os braços de maridos q não as merecem (são muitas, sei). vc não tem vergonha na cara? a próxima vez q vc me ligar de madrugada contando as atrocidades que frederico g. cometeu, vou bater o telefone na sua cara.

esqueceu as barbaridades que ele falou pra vc na última vez q brigaram? sei q vc está carente, eu também estou, quem não está?, mas segure a onda, não volte para os braços daquele filho da puta, q vc vai se arrepender. dê sinal de vida. e-mailize-me. ligue. se não, corre o risco de ver meu nome dia desses no necrológio dos jornais. estou falando sério, sério... porra.

treze de julho

de: josek@uau.com.br
para: paulap@uau.com.br
cc: deus@will.com
assunto: coisas da vida 2

desisti de falar com vc por telefone. tento de novo os caminhos virtuais. na verdade, não tenho nenhum saco para procurar alguém pessoalmente e conversar. na verdade não tenho a quem procurar. o juliano c. seria a última das criaturas com quem conversaria. vive me cercando, enchendo o meu ouvido de cuspe, e me perguntando: o q vc tem? o q vc tem? fala comigo, fala comigo. fujo, ponho disco na vitrola, finjo ver capítulo de uma novela na tevê, e tento escapar. às vezes consigo, às vezes não, às vezes choro. odeio a idéia de q as pessoas possam me evitar, fujam de mim, e me rotulem de aquele-cara-que-fica-falando-dos-problemas-pessoais-o-tempo-todo. agora falando sério, onde vc se meteu? não pintou nenhum frila. já mandei a porra do meu currículo para umas duzentas pessoas. nada. tenho rezado muito. não sou exatamente católico, you know, but... tenho acendido velas a são lázaro. por que não? vc não vai acreditar..., comecei no cvv esta semana. preciso me ocupar com alguma coisa. preciso fingir que sirvo para alguma coisa. o ideal seria cortar os pulsos, enfiar a cabeça no forno e ligar o gás, mas ainda não tenho coragem. começar no cvv foi bom. percebi q não sou o único desesperado da cidade de sp. todo mundo está fodido. nas quatro horas q fiquei lá ligaram exatamente onze pessoas. sete queriam se matar já, três queriam matar alguém já e uma queria matar alguém já e, em seguida, se matar já. Lembrei-me do tempo q fui ator de teatro e incorporei personagem otimista q amava a vida e via em mergulho profundo na nossa dor pessoal o aprendizado q iria nos fazer mais fortes. saí de lá mais leve. acho q vou me viciar nisso, preciso me viciar em alguma coisa, preciso voltar a fumar. talvez seja mais saudável q o álcool. parece q fui bem-sucedido. apenas duas pessoas bateram o telefone na minha cara após gritarem vá se foder. com as outras nove mantive conversa civilizada. sete suicidas em potencial mudaram de idéia, mas não se pode acreditar piamente nelas. duas ficaram de pensar a respeito. nem sempre é assim a rotina dos q trabalham voluntariamente no cvv. não é raro a conversa telefônica ser interrompida por um tiro. do outro lado da linha alguém cansa do papo-furado e detona os miolos. porra, paula, dê sinal de vida... vc merece morrer se neste exato momento tiver voltado aos braços do filho da puta do frederico g., aquele canalha... se em três dias não receber nenhum sinal de vida de sua parte, não e-mailizarei mais... vc é mulher morta para mim...

quatorze de julho

de: dantem@uau.com.br
para: josek@uau.com.br
cc:
assunto: re:monólogo

caro josé k.,

desculpe a demora em respondê-lo, mas estive viajando. não costumo atender a pedidos como o seu, mas vou abrir exceção. não tenho tempo e, admito, paciência para ler as bobagens escritas por jovens sem nenhuma noção, ainda q rudimentar, de dramaturgia.

  costumo ser severo e exigente nas minhas críticas e nem todos sabem ouvir comentários desabonadores com elegância e sabedoria. as pessoas só gostam de ouvir elogios (e existem críticos q são pagos para tal), mesmo q esses elogios sejam mal escritos e nada fundamentados. em trinta e cinco anos de crítica teatral nunca abri mão dos princípios éticos e estéticos q me norteiam e da sólida formação moral e intelectual q recebi. por causa disso já perdi amigos, já fui ameaçado de morte, já tive minha presença proibida em estréias teatrais, mas gosto do q faço, não mentiria se dissesse q estou feliz com a profissão q exerci e q ainda tento exercer.

na vida real, estou caminhando para o final da vida. tenho sessenta e cinco anos, nenhum filho, nenhum amante. dificilmente passarei dos setenta. a morte não me assusta. já amei, já fui amado, hoje não me dou a esses luxos. reler tragédias gregas e peças de william shakespeare me dão muito mais prazer do q mergulhar em macios lençóis de seda em companhia de um corpo masculino, ainda q seja o de alan bates (se não sabe, trata-se de um dos maiores atores ingleses dos anos setenta).

vez em quando, não nego, encontro jovens dispostos a mergulhar nas minhas carnes velhas, até chamam isso de amor (prefiro utilizar o termo perversão) e me prometem o céu na terra. reajo como estátua de mármore, finjo q não é comigo. e, de fato, não é. essas imberbes criaturas se apaixonam por pessoas q imaginam que somos, q gostariam que fôssemos. quando tais tentações surgem no caminho, mudo de calçada, mudo de cidade, mudo de país, fujo.

nem sempre foi assim, aos cinqüenta e cinco anos, isso não faz tanto tempo assim, conheci graciliano r., dezenove anos, corpo e rosto esculpido por ourives em momento de rara inspiração. ainda assistia a peças de teatro nessa época e o guapíssimo rapaz estreava em montagem experimental (essa expressão até hoje me provoca naúseas) de hamlet, de william shakespeare, daquelas q fazem personagens shakespearianos vestirem jeans e tênis e acham q estão reinventando o teatro. fazia o papel de malcolm.

quando o vi exclamando "não deixaremos passar longos dias sem q tenhamos ajustado contas com vossas afeições e sem q as tenhamos saldado de nossa parte...", na cena final, meu coração se partiu: nunca havia visto homem tão belo; nunca havia visto ator tão ruim num papel tão magnânimo (para usar o mesmo adjetivo q usei na primeira crítica q fiz de montagem de hamlet, em 1962). desejava-o fisicamente (e como!), mas achava-o, e era, desastre total (e, percebi depois, irreversível) como ator.

deveria haver manual para orientar críticos de teatro nessas situações. o q fazer, dante m.?, perguntava-me. fiz o inominável: elogiei-o, coloquei-o nas alturas ("trata-se da maior revelação de ator nos palcos paulistanos nos últimos tempos", escrevi/menti no jornal). graciliano r. (assim se chamava o jovem estreante) me ligou logo depois, estava em êxtase. eu não sentia então culpa alguma: queria ir para cama com ele e iria custasse o q custasse, os deuses do teatro q me perdoassem, a causa era justa.

saímos à noite e, logo depois de faustoso jantar num restaurante da moda, não havia o q conversar: viemos aqui pra casa e transamos até o amanhecer. ingênuo, achei q era o amor outonal q esperava havia anos (na verdade, desde os 45 anos, quando tinha rompido relação de duas décadas). no início (e sempre é) tudo eram flores. graciliano r. extasiava-se diante de cada ruga, de cada flacidez localizada, de cada perda temporária de memória (às vezes esquecia o nome dele e ele repetia, bem-humoradamente, meu nome é malcolm, meu nome é malcolm, e eu ria a me acabar), de cada sinal de velhice q meu corpo emitia.

eu queria, eu precisava acreditar no q dizia. e, ao contrário do palco, nesses momentos representava com visceralidade emocionante. descobri então q péssimos atores são geralmente ótimos atores na vida real. ou se é uma coisa ou se é outra, talvez seja isso. a platéia, o ritual teatral os imobiliza, os intimida, enquanto na vida real não, estão soltos, libertos, soberbos. demorei a perceber q graciliano r. era melhor ator na vida real do q no palco.

o espetáculo protagonizado por mim e por graciliano r. ficou em cartaz quase um ano. verdade q a partir do nono mês meu parceiro de cena já demonstrava certo tédio a partir do segundo ato (sexual). bocejava, fingia cansaço, dizia q precisava dormir cedo, aquelas desculpas esfarrapadas de quem está querendo abandonar o barco. reagi à queda do desempenho (sexual e dramático), esbravejei, reclamei, sugeri fórmulas para melhorar a performance, mas nada deu resultado.

um dia, cansado de representar (bem), o canastrão soltou a língua. estava comigo por interesse, sim, sabia q meus elogios o estavam levando a outros convites, novelas de tevê, filmes, e exclamou (em interpretação brilhante, soletrando cada palavra): você acha q transaria com vc por outra razão q não fosse interesse, velho babaca? tinha q me conter para não vomitar quando via as suas rugas, a flacidez do seu corpo, as suas perdas de memória. acabou. adeus. foi. eu tb. não sou mais a mesma pessoa. aos poucos, deixei de escrever críticas em jornais. q moral teria para avaliar o desempenho de qualquer ator depois disso? a pergunta era feita por mim a mim mesmo. e não sabia responder. A atitude teve vantagens: agora não preciso assistir a todas as sandices que estréiam nos teatros de sp, geralmente bobagens inomináveis. limito-me a reler os clássicos, a caminhar tropegamente todas as manhãs, antes q o sol nasça, e, solitariamente, esperar a morte chegar. quando a libido bate forte, a vontade de trepar bate súbita e inesperada, corro para o trianon e, em troca de cinqüenta dinheiros, não falta quem queira me chamar de amorzinho. alguns, quando pago o dobro, não duvido, podem até pensar que estão comendo a madonna. não atendo telefones há anos e só me relaciono com minha empregada, a boa e talentosa (cozinha rabada com agrião que me emociona) dora, por meio de bilhetes.

ps1: a respeito de seu texto, que vc define pretensiosamente como monólogo visceral, lamento informá-lo: é uma porcaria. não se trata de dramaturgia, mas de vômito, de jatos de vômito. de dramaturgos assim o inferno está cheio.

ps2: desculpe as digressões acima, mas, às vezes, sinto necessidade de me comunicar com alguém virtualmente. e li o seu e-mail na hora certa. escolhi-o como vítima para queixar-me de meus infortúnios. agradeço-lhe por isso.

ps3: a propósito, vc é homossexual passivo ou ativo?

quinze de julho

de: paulap@uau.com.br
para: josek@uau.com.br
cc:
assunto: re: coisas da vida 2

Pare de me encher o saco. quando vc vai crescer e se tornar um homenzinho? desista dessa idéia de ser eterno peter pan. vc tem quarenta e três anos, vê se cresce, porra. estive fora de sp por duas semanas, estava em caraívas, no sul da bahia, em nova, e inesquecível, lua-de-mel com frederico g. a propósito, não fale mal dele. meta-se com sua vida. tente o cvv, tente o budismo, tente qualquer coisa, mas me esqueça, me deixe em paz (precisamos ser cruéis com as pessoas que amamos, lembre-se sempre disso).

ps: se vc faz tanta questão de saber, falo: o monólogo 'visceral' que vc escreveu é uma merda.

dezesseis de julho

de: Mail Delivery Subsystem
para: josek@uau.com.br
cc:
assunto: Mensagem Automática: User Unknown (Usuário Desconhecido)

the original message was received at Fri, 24 Jun 1997 11:30:01 -0300 (BRT)
from 200-191-155-49-as.acessonet.com.br [200.191.155.49]
A mensagem original foi recebida em Sex, 24 Mar 1997 11:30:01 -0300 (BRT)
vinda de 200-191-155-49-as.acessonet.com.br [200.191.155.49]
———— The following addresses had permanent fatal errors

————

[Os seguintes enderecos de e-mail apresentaram defeitos permanentes]
<deus@will.com<mailto:deus@will.com.>>
———— Transcript of session follows ————

[Transcricão da sessao]
... while talking to will.com.:
>>> RCPT To:<deus@will.com<mailto:deus@will.com>>
<<< 550 5.7.1 Unable to relay for deus@will.commailto: deus@will.com
550<deus@will.com<mailto:deus@will.com>>...
User unknown [Usuario desconhecido]

dezessete de julho

de: josek@uau.com.br
para: paulap@uau.com.br
cc: deus@uil.com.br; deus@wau.com.br; deus@pig.com.br; deus@dog.com.br; deus@mug.com.br; deus@big.com.br;
assunto: s.o.s. malibu

estou cansado de tudo.

dezoito de julho

de: josek@uau.com.br
para: paulap@uau.com.br
cc: deus@uil.com.br; deus@waw.com.br; deus@pig.com.br; deus@dog.com.br; deus@mug.com.br; deus@big.com.br; deus@bill.com.br; deus@fuck.com.br
assunto: há alguém aí?

é madrugada de sábado para domingo, quando batuco essas maltraçadas linhas procê (s)... não quero alugá-lo (s), sei o quanto vc está preocupada em reconstruir a relação com frederico g. e às voltas com a mudança de apartamento; soube q está voltando a morar com ele, tudo bem. prometo não mais falar mal dele, mas, ao mesmo tempo, preciso conversar com alguém. escrever sobre o q está se passando comigo. enfim, tenha(m) paciência... aproveito para lhe pedir desculpas, não quis criticá-la em nada, quando sugeri que vc poderia estar entrando numa fria ao voltar a casar com o mesmo cara; desculpe pela maneira como tratei o homem pelo qual vc parece ter se apaixonado de novo. desculpe pelo bilhete curto e grosso ("estou cansado de tudo..."), foi apenas maneira de pedir socorro, algo q estou exausto de fazer. afinal de contas, minha vida é minha vida e a resolução de meus problemas depende de mim e de ninguém mais. mas, acredite, não estou conseguindo resolver as coisas sozinho. ao mesmo tempo, já cansei desse personagem q vive 'alugando' as pessoas, tentando chamar a atenção delas a respeito do inferno astral em q ando mergulhado nos últimos anos. esse leque de pessoas está diminuindo cada vez mais: estou preferindo ficar na minha, calar-me, silenciar-me... e esperar a morte chegar. tenho desejado muito morrer ultimamente. não acredito q seja uma coisa realmente ruim para mim. talvez o seja para os mais próximos, q talvez, injustamente, possam se sentir culpados (essa mania de culpa q nos sufoca a todos). não estou vendo mais muita graça em continuar vivo (não vou me suicidar, não creio q isso ocorra, tenho muitos medos físicos, da dor, do desconhecido), tou achando q meu ciclo vital está próximo do fim. há um bloqueio inexplicável (pelo menos por enquanto e não sei se algum dia irei entendê-lo) em torno de minha vida nos últimos quatro anos, cujo único responsável talvez seja eu mesmo, com minha insegurança atávica, a minha auto-estima a zero, minha enorme incapacidade de administrar as minhas fraquezas pessoais e minha insuperável falta de talento para conviver com esse cruel neoliberalismo de final de século. tenho cada vez mais certeza de q não estou nem um pouco preparado para enfrentar o mundo de hoje, cada um por si e o resto q se foda — e quem não entra nesse ritmo está irremediavelmente fodido. dia desses recebi e-mail de amiga querida, a sandra. passou duas semanas em sundance, foi cobrir o festival de cinema, voltou e não deu sinal de vida. provoquei-a com e-mail, perguntando se já havia voltado e pedindo notícias. respondeu falando q sentia muitas saudades, mas estava ocupadíssima, precisava dar atenção à mãe, além disso um amigo havia acabado de morrer de aids. soube q ele vinha tentando falar-lhe havia algum tempo e ela não havia tido tempo para procurá-lo — e ele se foi. pensei q isso pudesse mudar algo nela — mas não mudou. continua sempre ocupada, cheia de trabalho — e de fato está. hoje me mandou e-mail, dizendo q ia me ligar depois, q estava com saudades — e não ligou! não acredito q ela seja uma vilã, não estou querendo vilanizar ninguém, realmente acredito q não tenha tempo para procurar os amigos. o problema não é dela, é meu, q tenho muito tempo livre para pensar na vida e sentir falta dos amigos. há três saídas para mim (nenhuma delas maravilhosa): 1) cair fora de sp (tem q 'ainda' existir jeito diferente de se viver em algum lugar do mundo!). 2) conseguir emprego fulltime, q me faça esquecer essas bobagens todas q ando pensando e me tornar um paulistano como os outros, cheio de trabalho. 3) mergulhar no mundo encantado das drogas (permitidas e não permitidas) e voltar ao velho e bom álcool ao qual fui chegado durante um certo tempo. a saída 2, creio, é a mais difícil. a realidade é q estou 'velho' nesse mercado de trabalho de hoje em dia em q a juventude é condição básica — não só porque eles podem ganhar menos e trabalhar mais (afinal estão chegando ao mercado e precisando demonstrar serviço), como são mais fáceis de serem manipulados, na medida em q não têm tantas idéias fixas como uma pessoa de minha idade certamente tem. dificilmente, alguém irá me contratar aos quarenta e quatro anos (a serem completados no próximo sábado; estou em pleno inferno astral). quanto à saída 1, mudar-me, para onde? londres? morro de medo. não sei até q ponto os muito amigos, os mais queridos, os mais íntimos q tenho lá agora me querem por perto. é muito estranho (você não acha?). ando me perguntando por que a maioria absoluta de meus amigos (e aqui incluo vc, desculpe a franqueza, mas isso não diminui em nada o meu amor por vc!) tem certa dificuldade em me ajudar em termos profissionais. estou, de fato, pedindo socorro! juro, quando posso ajudar alguém, inclusive profissionalmente, eu ajudo. e não precisa q essa pessoa tenha comigo o grau de amizade (incondicional, a essa altura da vida) q tenho com você(s). faço porque posso fazer e porque talvez conserve algo de bom samaritano interessado em ficar bem com minha consciência. não sei, inclusive, se tenho direito de achar isso de amigos tão queridos. mas preciso dizer isso pra alguém: há uma certa omissão, um certo pensar q 'josé vai sair dessa numa boa e sobreviver...' talvez seja verdade, talvez não. estou correndo esse risco (vocês estão correndo esse risco). até hoje não consigo entender como eu não consegui sensibilizar nenhum de vocês para me ajudar em torno do projeto de biografia de samuel rawet (mas eu o farei um dia). no final de tudo, nem conseguir alguém para 'reformular' o projeto, torná-lo competitivo, como vocês dizem, eu consegui. resultado: arquivei o projeto, engoli enorme frustração (mais uma entre tantas). fico matutando a respeito dessa 'omissão' há algum tempo. em 1994, eu e juliano c. (quando ainda viajávamos juntos e, acho, ainda nos amávamos) discursamos (literalmente, os ingleses passavam espantados sem entender o que estava acontecendo) no saint james park, em londres, sobre o tema. queria entender um pouco mais tudo isso, essa omissão por parte dos amigos mais íntimos. morro de medo de abrir o jogo, falar o q penso, o q sinto, e perder os poucos amigos q me sobraram. às vezes me pergunto, se jonas p. ou david t. estivessem na situação em q estou, o q faria para ajudá-los (de uma coisa tenho certeza: palavras de conforto são legais mas não são suficientes)? faria alguma coisa? ou fingiria q tudo ia bem até q alguém me ligasse dizendo q um deles tinha dado um tiro na cabeça? desculpe, talvez minhas palavras estejam sendo muito duras, mas preciso dizê-las, estou quase sufocando. não duvido do amor de vcs (e como preciso desse amor) — mas isso só não basta. estou no fundo do poço (e isso não é uma figura de retórica) e preciso de ajuda. não estou passando fome, sou teoricamente (e põe teoricamente nisso) bem casado, consigo eventuais bicos razoavelmente bem pagos aqui e ali, é verdade, mas o certo é q estou profundamente infeliz. talvez a saída não esteja em nada disso e mergulhe na solidão de um mosteiro budista ou católico (seja lá q porra for) e lá encontre a paz que tanto busque. e perceba q mudar a merda dessa vida é tarefa minha e de mais ninguém. e q a gente nasce sozinho e morre sozinho. e talvez essa seja a mais absoluta das verdades. percebi isso quando meu pai morreu, os filhos o viram definhar, apodrecer, e nada puderam fazer por ele. queríamos muito ajudá-lo a continuar vivo, mas morreu, independentemente de nossa vontade. moral da história: ninguém ajuda ninguém (mesmo quando quer fazê-lo). como vê, estou em transe. não quero magoá-la. sei do seu amor por mim (um dia carnal, hoje espiritual/afetivo/total) e considero-a, apesar de toda a frieza com q está lidando com minha questão atualmente, um espírito de luz na minha vida de trevas atual (nesse e em momentos futuros, se houver). voltando a temas mais terrenos: minha relação com juliano c. chegou aos limites do insuportável. vivo algo q não consigo entender (essa minha intenção de querer entender tudo vai acabar comigo): gosto de juliano c., adoro-o, acho-o uma pessoa fantástica, mas não suporto mais tê-lo ao meu lado (pelo menos nesse momento). posso mudar de idéia algum dia e voltar a me casar com ele, q poderá já estar casado com outro e não me querer de volta (paciência, that's life!). isso complica ainda mais minha vida. como acabar uma relação de quinze anos no exato momento em q estou atravessando a maior crise de minha vida? mas, ao mesmo tempo, acho q, para sair desse buraco (ou pelo menos para achar que estou saindo dele), tenho q tomar medida radical, drástica, dramática até. tenho q sair do lugar, senão vou ficar rodando em círculos como um peru (q é exatamente o q estou fazendo há cerca de quatro anos): constatando a merda q está a minha vida e morrendo de medo de mudar alguma coisa. tenho rezado muito, mas não estou sendo ouvido (parece). ando correndo atrás de uma boa notícia e ela não vem. minha história com mateus é outra novela. a gente se gosta muito, mas ele pode trazer tudo à minha vida menos paz (q é uma coisa que estou buscando desesperadamente). é uma pessoa complicadíssima (talvez tão complicada quanto eu, e isso é gravíssimo) e não há muitas opções: ou a gente protagoniza história de amor tipo bonnie & clyde (sair por aí aos beijos, assaltando velhinhas ricas indefesas para ajudar aos mais necessitados) ou nada. não seria, com certeza, uma relação tranqüila e calma — como sonha minha vã fantasia. por isso, estou tentando tirá-lo de minha vida (como se isso fosse possível). fugi dele durante dez dias, ele ligava para cá diariamente, deixava recado, ontem resolvi ligar de volta. pensei em marcar uma conversa e acabar com tudo, mas não consegui. marcamos hoje para assistir a um filme de buñuel q está sendo reprisado no cine vitrine. ele disse q ia trabalhar e me ligaria do trabalho. não ligou até às cinco da tarde, liguei pro trabalho e não havia ninguém. fui pro cinema sozinho — quando voltei juliano c. disse q ele havia ligado (juliano c. não sabe de nada ou finge não saber). resultado: há mais de três semanas não nos vemos direito. ele no corre-corre da vida dele, tem de trabalhar para poder pagar a faculdade e outras coisas. se tivesse vinte anos menos, acreditaria q se tratava do homem da minha vida. hoje não mais. acredito q quatro ou cinco meses (no máximo) morando juntos, jogaria todo o nosso amor por terra. como está acontecendo agora com juliano c. (uma relação q já teve dias de glória). é isso, minha querida amiga. você acabou sendo 'punida' (tendo de ler essa carta profundamente amarga) pelo fato de ser a pessoa mais próxima de mim nesse momento — e talvez a única com capacidade suficiente para me entender um pouco melhor nesse momento complicado de minha existência. joana b. iria me chamar de crápula e me mandar à merda. reze por mim. um grande beijo. josé k.

dezenove de julho

de: josek@uau.com.br
para: paula.p@uau.com.br
cc: deus@uil.com.br; deus@waw.com.br; deus@pig.com.br; deus@dog.com.br; deus@mug.com.br; deus@big.com.br;
assunto: quarenta e quatro anos esta noite

fiz quarenta e quatro hoje (é quase meia-noite, daqui a pouco poderei dizer, e talvez isso me alivie um pouco, fiz quarenta e quatro anos ontem). não há/houve muito o q comemorar. juliano c. me deu cesta erótica de presente (é a cara dele...), me beijou na boca, besuntou o meu pau com chocolate, lambeu, gozei, acho que ele tb mas não tenho certeza, e dormi. acordei há pouco. faz frio em sp. pensei em sair (juliano c. saiu e deixou bilhete, foi a um antro gay na parte magra da consolação), mas acho melhor não. talvez fique zapeando na tevê a cabo. talvez entre em algum chat gay e converse imbecilidades com aqueles viados mentirosos q infestam a rede (habito o mundo do talvez? onde li isso?). a maioria absoluta diminui a idade e aumenta o tamanho do pau. não acredite quando alguém disser que tem quatorze anos de idade e 40 centímetros de pênis, não se iluda, pode se tratar de um quarentão de pau pequeno querendo se passar por teenager. mateus, o garoto de vinte e quatro anos que toma lítio diariamente para manter a saúde mental e por quem meus sinos dobraram durante uns dias, me ligou há pouco, desejou-me feliz aniversário. sugeri que nos víssemos. alegou falta de verbas para pegar ônibus e vir me ver (mora na periferia, não lembro exatamente onde). sugeri q pegasse táxi e eu pagasse a conta. não aceitou. não insisti. estou no quarto uísque, as coisas me parecem menos pesadas, deve ser o álcool se misturando com o sangue, provando, eloqüentemente, o quanto é necessário em momentos como esse e milhares de outros q eu, vc, nós, vós, eles, vivemos. lembro-me, com certa nostalgia, de maurice ronet em puta história filmada por louis malle em hum mil e novecentos e sessenta e três. percebo, mas isso não chega a me desesperar, q estou mais velho e mais cheio de motivos para me suicidar do q o personagem interpretado por maurice ronet. coloquei eric satie na vitrola, autor da trilha do filme, é o máximo que posso querer (ouvi-lo é forma excepcional de me autopresentear, ele é deus, caso deus soubesse compor) ao escrever estas maltraçadas linhas para vcs. rezem por mim. um beijo. as orgias virtuais me esperam.

vinte de julho

de: josek@uau.com.br
para: dante.m@uau.com.br
cc: deus@uil.com.br; deus@waw.com.br; deus@pig.com.br; deus@dog.com.br; deus@mug.com.br; deus@big.com.br;
assunto: re: monólogo

senhor dante m.,

devia mandá-lo tomar no cu, mas, pensando bem, neste momento de raiva profunda contra críticos teatrais como o senhor, não estou querendo exatamente agradá-lo: desejar-lhe sessão de sexo anal no mar de tédio em q se atola atualmente seria bênção q não merece. além disso, estou só, desesperadamente só, preciso conversar com alguém e vc parece ser o único interlocutor disponível. por isso volto a lhe escrever. só por isso. chocou-me menos a superficialidade do comentário a respeito do monólogo q escrevi e mais a pergunta final do e-mail.

se sou passivo ou ativo? isso é assunto q só diz respeito a mim e a mais ninguém. surpreende-me q o senhor, homem letrado, culto, viajado, conclua desabafo pessoal (aliás, a propósito de q o senhor me confidencia a história nada exemplar vivida com o ex-namorado?) e comentário desastrado e desastroso sobre o meu texto teatral com esta pergunta ignóbil, recorrente em chats gays e em boates freqüentados por viados cuja única preocupação é exibir a roupinha nova de grife comprada no crediário (são as, como costumo chamar, bichinhas de grife), e especular com a amiguinha do lado o tamanho do pau do objeto do desejo. odeio esse tipo de gente, são a escória da raça. na verdade, para dizer o mínimo, não me sinto nem um pouco à vontade na condição de homossexual. não tenho vontade de sair por aí batendo no peito, esbravejando que sinto orgulho de ser gay (e, de alguma forma, falo sobre isso no delírio homoerótico sobre a condição humana, que o senhor achou uma porcaria). opção homossexual, dizem as bichas mais militantes. no cu! não escolhi porra nenhuma, não me consultaram a respeito, não pedi para ser assim. não sei se os heterossexuais são mais felizes, talvez sejam, talvez não sejam, mas algo me diz q a condição homossexual me coloca em desvantagem em relação aos demais seres humanos. também rejeito a idéia, q circula amplamente entre gays, de q o fato de sermos homossexuais nos torna mais sensíveis, mais propensos a nos transformar em grandes artistas. não mesmo. conheço heterossexuais maravilhosos. conheço homossexuais patéticos. o homossexualismo não é ideologia, senhor dante m., é apenas maneira muito pessoal (e intransferível) de se comportar sexualmente. não gosto ou odeio alguém pelo fato de ser homo ou hetero.

    pensando bem, vá à merda, senhor dante m., vá à merda.

    não abraços,

    josé k.

vinte e um de julho

de: dante.m@uau.com.br
para: josek@uau.com.br
cc:
assunto: re: monólogo

Vá a merda vc, vá à merda vc, vá à merda vc. quem vc pensa q é para me tratar assim? não tenho nada a ver com o fato de o senhor ser viado em crise. se o senhor ainda tivesse dezoito, vinte anos, mas ao q me consta o senhor já passou dos quarenta faz tempo! já passei dessa fase, senhor josé k. também deveria não respondê-lo, ignorá-lo, deixar q morresse cheio de culpa, dentro de quatro paredes, isolado, só, abandonado, mas tb não ando muito bem. mas mesmo não estando muito bem (aos sessenta e cinco, sei q vou viver no máximo mais cinco ou dez anos e isso, admito, não é exatamente tranqüilizador), me dou o direito de dizer o q penso, por q não? por q vou elogiar monólogo de q não gostei? em nome de quem? por q vou ter de suportar bichas amargas como o senhor? digo o q penso. e já foi o tempo em q bichas amargas como o senhor me deprimiam. hoje, embora não as suporte, até as entendo, são herdeiras de profunda culpa católica, sei, e não me irritam mais. caro senhor josé k., cada um vive como quer. p q essa raiva profunda do q o senhor, cheio de veneno, chama de bichinha de grife? p q a raiva das bichas militantes q batem no peito e dizem com orgulho q são gays? não sou uma delas, talvez por covardia, mas, nessa cultura homofóbica em q estamos atolados, a presença de pessoas corajosas assim, dispostas a colocar a cabeça a prêmio, é fundamental. não faço apologia de nada, senhor josé k., mas tb não condeno nada. quero apenas viver o resto dos meus dias em paz.

    ps: a propósito, quantos centímetros mede o seu pau?

vinte e dois de julho

de: paulap@uau.com.br
para: josek@uau.com.br
cc:
assunto: re: há alguém aí?

josé k.,

Posso estar sendo cruel (e, admito, vc sabe disso, sou cruel com as pessoas q amo), mas seu e-mail me pareceu tremendo exercício de chantagem emocional.
não, não há ninguém aqui.
evite mensagens nesse tom de agora em diante.

paula p.

vinte e cinco de julho

de: joanaba@uau.com.br
para: josek@uau.com.br
cc:
assunto: bomba, bomba, bomba!

josé k., kd vc, porra?

Você não atende mais a porra do telefone? liguei várias vezes ontem à noite e era sempre a porra da secretária eletrônica q atendia (sei q costuma não atender a telefonemas e fica, pateticamente, escutando os recados à beira do telefone. e quando sou eu, vc não atende nunca, não é verdade?). por isso tento me comunicar por vias virtuais. a bomba é: vc, josé k, é pai de rapaz de dezenove anos, negro, bonito, cursando segundo ano de antropologia. acho que vc vai gostar dele (em todos os sentidos). mas espero que isso não aconteça nunca. conheço vc e sei que pode destruir a vida dele, com seu amor obsessivo, possessivo e doentio.

ligue pra mim.
isto não é brincadeira. repito: isto não é brincadeira.
joanaba.

vinte e seis de julho

de: josek@uau.com.br
para: paulap@uau.com.br
cc: dante.m@uau.com.br; deus@uau.com.br; deus@uil.com.br; deus@waw.com.br; deus@pig.com.br; deus@dog.com.br; deus@mug.com.br; deus@big.com.br; deus@bill.com.br; deus@fuck.com.br
assunto: putaquepariu!

prezados senhores,

eu, josé k., 43, homossexual em crise sem chance nenhuma de virar heterossexual, apesar de toda a culpa q carrego, a questão não é querer ou não querer (*esta história de querer é poder é puro papo-furado*), a questão é genética, disso não tenho a menor dúvida, acabo de descobrir: tenho filho de dezenove anos. há explicação lógica para esta história, q faria a delícia de programas sensacionalistas de tevê, caso fosse famoso (*ainda não sou*). joana ba. me contou tudo, detalhadamente, por telefone, depois de me insultar com todos os palavrões disponíveis naquela boca imunda e porca (*ainda bem q ainda não estava bêbada; quando se encharca de álcool, e isso acontece sempre, fica absolutamente insuportável, tenho vontade de queimar-lhe o rosto com ácido sulfúrico*). lembra-se de dalva?, perguntou. q dalva?, perguntei. lembrava vagamente, mas minha cabeça estava a mil por hora, insisti: q dalva? joana explicou: a empregada doméstica q trabalhava em sua casa, que vc comeu em noite de bebedeira no fim dos anos setenta. não lembra não, viado escroto? (*a raiva de joana tinha sentido, na verdade desenvolvia comigo relação de amor e ódio. ao mesmo tempo q me amava, a ponto de em noites de pré-coma alcoólica dizer q eu era o homem da vida dela, me odiava, me agredia com freqüência irritante, o q me fazia mandá-la tomar no cu com certa assiduidade. odiava-me pelo fato de, sendo homossexual, não ter nenhuma chance de me ter nos braços*). na verdade, recordava vagamente de garota negra q trabalhava lá em casa e q vivia tentando me fazer cair em tentação. recordava vaguissimamente: parecia rapazinho, ágil, sem a flacidez das primas e candidatas a namoradinhas. aos 22 anos ainda tinha dúvidas (*e, para meu desespero, conservo algumas até hoje*) a respeito de minha sexualidade e não me relacionava sexualmente nem com meninas nem com meninos. priminhas e coleguinhas chegaram a ser apalpadas no escurinho dos cinemas, mas sem muita convicção. achava que amava meninos e meninas, pensava com meus botões em p q não podia amar ambos e me afundava em mar profundo de culpas e tentações. já cursava faculdade, tinha aulas de sociologia e filosofia, discutia sartre e max weber e não sabia o q fazer com o enorme caralho q latejava entre minhas pernas (*18 cm. tá bom pra vc, dante m., crítico de merda, velho e decadente?*). masturbava-me durante as madrugadas, tendo, democraticamente, homens e mulheres como fonte de inspiração. dalva, não lembra dela não, seu safado?, joana continuava a provocar pelo telefone (*irritadíssima, afinal de contas, em momentos diferentes de minha vida, verbalizou a enorme vontade q tinha de ter filho comigo*). pois é, dalva reapareceu agora, está doente, tem câncer no esôfago. procurou-me contando a novidade. diz q faz teste de dna, caso seja necessário, mas quer q vc saiba q teve filho dela, q nunca revelou a história com medo de seus pais pensarem q estava querendo dar o golpe do baú, mas agora q seus pais morreram, q a doença a devora, resolveu abrir o jogo. como é o nome do garoto?, perguntei. andré, respondeu joana. disse mais: mora em salvador, bahia, namora mulher mais velha, professora de semiologia, assunto q sempre odiei, acho que nada significa nada, os semiólogos são todos uns cretinos!, na universidade (*absurdamente, senti profundo ciúme*), e, ao saber de minha existência (*dalva havia lhe contado e até falado de minha homossexualidade. puta! tem câncer no esôfago mas é uma puta. o câncer não redime ninguém. quem mandou contar?*), não demonstra nenhuma vontade de me conhecer. pensei (*mas não falei, joana ia me encher o saco, me chamar de covarde e todos aqueles adjetivos que costuma colar na minha pessoa em momentos de raiva, e está sempre com raiva de mim*): puta merda, enfrentar esse homenzarrão, meu filho, não tou podendo, não vou poder, vai ser dureza prum cara que nem eu, que nem mandar o marido pro inferno, o juliano c., de quem quer se separar há anos, sabe. o q dizer para ele quando o encontrar pela primeira vez, q o pai estava se separando de outro homem com quem vive há quinze anos? não teria estrutura para tanto. joana, com a delicadeza típica das mulheres infelizes no amor, berrou: vc ainda taí, seu merda? vc precisa vir conhecer seu filho. e alertou: o andré, eu o conheci ontem, é belíssimo, negro, alto, inteligente, sensível, não vá se apaixonar por ele não, viu? (*e pensei p q cargas d'água continuava amigo daquela criatura insuportável, inoportuna, incômoda e grosseira*). é bem o tipo de homem que vc gosta, mas nunca vou deixar vc em paz se vc se envolver sexualmente com andré. a hipótese, inconveniente pq possível, levantada por joana me deixou puto da vida, desliguei o telefone na cara dela e tirei o fone do gancho. putaquepariu: sou pai!

 ps pra paula: diga alguma coisa!

 ps pra dante: não preciso de vc agora tenho um filho (e, aqui pra nós, vc agüenta os meus 18 cm?)

 ps pra deus: o que faço? admita: saber que se tem um filho a essa altura da vida, em que estou afogado em problemas pessoais e sexuais, pode acabar de me foder, não?

vinte e sete de julho

de: paulap@uau.com.br
para: josek@uau.com.br
cc:
assunto: re: putaquepariu!

pobre, but dear, josé k.,

no momento não posso dizer nada: o frederico g. me espera para longa maratona sexual.
a gente se fala outra hora.
pode ser?
não li direito seu (longo; vc precisa ser mais sintético) e-mail. vc descobriu o que mesmo?

paula p.

vinte e oito de julho

de: dante.m@uau.com.br
para: josek@uau.com.br
cc:
assunto: re: putaquepariu!

caro josé k.,

1. não posso negar que a dimensão de seu pênis me interessou, mas tenho dúvida relevante: 18 cm, mole ou duro? vc pode mandar foto do membro em estado de ereção?
2. sim, agüento.
3. esta história de filho recém-descoberto me parece melodramática demais pro meu gosto. mude de assunto.

vinte e nove de julho

de: deus@uau.com.br
para: josek@uau.com.br
cc:
assunto: re: putaquepariu!

Caro José K.,

demorei a respondê-lo porque sou homem ocupado. não é, acredite, nada pessoal. amo todos vcs igualmente, com a mesma intensidade e misericórdia. resolvo falar-lhe agora porque tenho algo a dizer-lhe. vc está vivendo momento único na vida, que jamais se repetirá. é chance imperdível, portanto, de não morrer de tédio. ou de vodca. um homossexual descobrir aos quarenta e tantos anos (quarenta e quatro dia 13 de julho, se não me falha a frágil memória; é tanta coisa q tenho de lembrar. ser deus não é fácil, creia-me) que tem um lindo filho de dezenove anos é melhor do que ganhar na loteria sozinho. aproveite. caso contrário, não mais lhe dirigirei a palavra. a minha bênção ou a minha maldição. tudo depende de vc. (ando pichando a frase em banheiros públicos, mas não tem adiantado muito.)

    deus

    ps: tb recebi o seu monólogo, para o qual pede avaliação. perdão, mas não entendo nada de teatro. prefiro a literatura, o cinema e a dança (embora, ao contrário do que dizem por aí, não saiba dançar). sou, portanto, péssimo avaliador de dramaturgia. por que não o envia para o dante m? ele é bom nisso e cobra barato por um elogio, apenas um felaccio, uma pechincha, o (anjo) gabriel acabou de me contar.

trinta de julho

de: josek@uau.com.br
para: joanaba@uau.com.br
cc:
assunto: quero conhecer meu filho

joanaba,

não consegui dormir ontem à noite, vc tb não conseguiria, é uma daquelas situações-limite q a gente tem de passar na vida, uma, duas, no máximo três vezes. porra, descobrir aos quarenta e quatro *(fiz dia 13 e vc foi incapaz de lembrar e me ligar, vc não lembra nem o próprio aniversário!)* anos q se tem um filho, q loucura, imagino o quanto vc deve ter me xingado, o quanto deve ter me amaldiçoado, afinal vc desejou tanto ser mãe desse filho q agora descubro meu. tudo foi absolutamente acidental. na verdade, nem me lembro direito da relação sexual q gerou andré *(é andré mesmo o nome do cara?).* lembro apenas q foi noite fria de junho, eu e dalva nos embebedamos, rimos muito e caímos numa cama imunda no fundo do quintal. havia inesquecível cheiro de merda de galinha (*q mais tarde, associei, talvez erradamente, talvez acertadamente, tenho dúvidas, ao corpo da mulher*) e suávamos muito. não me lembro de ter gozado. não me lembro de tê-la penetrado. lembro apenas q ficamos juntos durante algumas horas. depois senti nojo, não quis ver mais a cara de dalva e nem deixei q nenhuma outra dalva entrasse na minha vida. nem vc joana, e sei o quanto gostou de mim, o quanto vc me desejou, o quanto vc sofreu por minha causa. mas sempre fui honesto com vc, desde a primeira vez q me abordou, acho q na festa q fizemos quando passamos no vestibular de jornalismo (*lembra?*), sempre te falei a verdade. no início, não com todos os tons e cores, com todas as letras. mas, acho, vc foi percebendo aos poucos. aleguei cansaço a primeira e a segunda vez q me convidou para fodermos (*e, cá pra nós, vc não foi nem um pouco sutil, foi direta ao ponto, como sempre, gritou, embriagada, desde aquela época vc e o álcool resultavam em complicada e fulminante equação: vamo fodê, vamo fodê!*). na terceira vez, abri o jogo. te contei q os meninos me excitavam mais do q as meninas, embora não tivesse até então transado nem com um nem com outro. só aos 24 anos, quando conheci gil p., as coisas ficaram mais claras e vc sempre soube de tudo. te falei sobre gil p. logo no dia seguinte ao primeiro encontro. (*eu e gil p. nos conhecemos numa segunda-feira à tarde no meio do burburinho do carnaval da praça castro alves, em salvador; foi tudo tão natural, tão inesperado, pulava atrás de trio elétrico, de repente, um cara na minha frente virou, olhou para mim uma vez, duas vezes, me abraçou, disse sou gil. perguntou e vc? falei josé. sussurrou no meu ouvido: só isso, só josé? disse: qual o problema? nenhum, falou.*) o resto é história, vc sabe, vc acompanhou tudo de perto, foi nossa amiga, apesar de odiar gil, o homem q roubou vc de mim, vc me disse, bêbada, certa madrugada num boteco sórdido da rua carlos gomes. nunca esqueço a noite em q voltei de temporada no inferno em sp, nada deu certo, ninguém me amou, ninguém me quis, voltei arrasado, deprimido e descobri carta de gil para amiga de b.h. abri, embora não devesse, admito, e li: contava q estava dividido, q havia conhecido outro cara e q não sabia como me contar a história. deixar a carta ali displicentemente era, talvez, maneira suave de me contar a existência de outro cara no pedaço. nossa história já estava em crise, eu buscava alternativa, uma pessoa ou um corpo, tanto fazia, gosto de ambos, em saunas, boates gay e no escurinho dos cinemas, mas sofri, sofri demais. desesperado, liguei pros amigos, ninguém estava em casa, só vc, abri o jogo, contei o q tinha ocorrido. a essa altura, o diabo sabia por que, vc era gil desde criancinha, tomou partido dele, me chamou de sacana, de galinha e disparou: quero q vc se foda, quero q vc se foda. bati o telefone na sua cara (*havia outra coisa a fazer? alguém agiria diferentemente?*). vc ligou de volta, como se não tivesse cometido crime nenhum, com a cara mais cínica do mundo, reclamou, irada: porra, vc bateu o fone na minha cara! vc bateu o fone na minha cara! bati de novo, vc ligou de novo dez, vinte vezes, não atendi mais, preferi fumar uns baseados, beber vodca e ouvir janis joplin no último volume. pensei q não conseguiria vê-la nunca, mas a raiva foi passando aos poucos, o tempo é o senhor da razão, continuamos amigos, estava do seu lado quando vc e celso brigaram numa mesa de bar, numa cena patética, esbofetearam-se, vc dizia vc é macho chauvinista, quero virar lésbica, cansei dos homens, cansei. celso gritava: lésbica vc já é, fode muito mal, quero que vc morra com câncer no seio. poderia ter vibrado com o fato, me sentir vingado do quero que vc se foda q vc berrou ao telefone algum tempo antes. levei os dois para o pronto-socorro, ambos sofreram pequenas contusões, mas ninguém morreu, hoje celso mora com outra mulher, vc tenta viver com outro homem *(e não consegue, vc é figurinha complicada, joana, não é qualquer homem q a suporta, não)*, a vida continua. mas por q porra eu tou lembrando dessas coisas agora? queria apenas te dizer q estou feliz pracaralho *(ou quase isso)* e quero conhecer meu filho logo. combine dia e hora com andré, q pego o primeiro vôo e em duas horas estarei aí. beijos, jose k.

trinta e um de julho

de: joanaba@uau.com.br
para: josek@uau.com.br
cc:
assunto: re: quero conhecer meu filho

Vc está delirando, caro, vc está delirando, cara. é impressão minha ou vc está me pedindo desculpas pelo fato de andré não ser filho meu e sim da empregada doméstica que vc fodeu quando estava embriagado e nem se lembra como foi? se estiver, vou repetir (*e repetirei sempre*) aquilo q te disse ao telefone um dia: quero q vc se foda, quero que vc se foda. a impressão q tenho é q vc acha q tudo gira ao seu redor, q todo mundo tem a obrigação de ficar te paparicando, de ficar te reforçando a idéia de q a vida te persegue, o destino te persegue, deus te persegue, o diabo te persegue. estou fora, sempre estive fora, sempre me recusei a desempenhar o papel q vc queria q eu desempenhasse. se vc ainda não sacou, minha função na sua vida foi/é jogar merda no ventilador, impedir que vc pense que é gênio da raça, o rei da carne-seca, a rainha do rádio, e mergulhe na me(r)diocridade. a paula p. tb faz isso, mas vc sabe muito bem, não gosto muito dela e odeio quando vc me compara com ela. eu sou eu. eu sou joanaba, porra! claro, não nego, meus sinos dobraram por vc (*para usar expressão q lhe é cara; era vc q sempre falava isso, ou era o merda do celso?*), já desperdicei muitas orações em vão por sua causa (*prevenida, sempre acendi uma vela para marx e outra para deus; um dos dois deve ter razão; ou ambos. no fundo, no fundo, espero que nenhum dos dois tenha*), já tentei negociar, tipo abrir mão de férias na grécia, do emprego no melhor jornal do país, pela possibilidade de tê-lo me fodendo, me possuindo. como vc é homossexual até a quinta geração, sempre fracassei. mas isso é passado, vc é página virada de minha história pessoal. depois do celso, tive chance de virar homossexual (*é incrível como elas, as lésbicas, estão sempre à espera das sobras; às margens de um casamento heterossexual fracassado haverá sempre lésbica de plantão*), muitas me assediaram quando me separei do celso, mas gosto de ter pau, pequeno, grande, enorme, tanto faz, mas que seja pau, no meio das pernas, penetrando-me, gosto do sabor do homem (*fazer o q? fazer o q? nada contra as lésbicas, quero q sejam felizes, quero q todos sejam felizes*), talvez até goste de apanhar de vez em quando, os politicamente corretos q me perdoem, mas é como aquele personagem de filme de neil jordan dizia: é da minha natureza, é da minha natureza. quanto ao álcool, é problema meu e nem vc, nem ninguém, tem nada a ver com isso. não suporto q vc e outras pessoas vivam tentando me converter ao não-alcoolismo. há quem me ache insuportável quando bebo. mas não bebo para agradar a ninguém, bebo para me agradar, para melhor encarar o mundo. e quem é vc para falar sobre isso, vc q bebia um litro de vodca por dia e descia pros banheiros dos cinemas e das ruas para chupar caralhos de desconhecidos? vc ainda não morreu de aids por milagre. deus deve ser gay tb. se não como explicar que tenha te poupado? teu passado te condena, josé k.! lembra, talvez anos 70, da época em q vc entrava no cine capri às duas da tarde e saía às dez da noite? das orgias lisérgicas em q eu, vc, ele, nós, vós, eles, nos enchíamos de ácido e fodíamos até cansar? do porre que vc tomou no dia q caminhão desgovernado matou sete pessoas na praça castro alves e, cheio de culpa, entrou numa de horror e chorava no meu ombro, babando na minha mortalha azul-turquesa: joana, joaninha, é o apocalipse? é o apocalipse? não me deixe só, não me deixe só, lembra-se disso? lembra? lembra? estou na metade de uma vodca, popov, se isso te interessa, e, assim que acabar de escrever esse e-mail, vou pruma festa de aniversário. talvez vc conheça. jorge c., talvez vc se lembre dele, está fazendo quarenta e cinco anos e está dando festa na casa dele em arembepe. foi contemporâneo nosso, era comunista ortodoxo, hoje é cocainômano heterodoxo, já o namorei, vive me pedindo para casar com ele. não devo, não posso. o q fazer com homem q vive implorando para lhe enfiar o dedo no cu, se não não goza? e logo te vejo (*foda-se! foda-se!*) me chamando de moralista, de careta, me perguntando qual é o problema, qual é o problema?

mas nasci e cresci numa comunidade em q os homens eram homens e as mulheres eram mulheres. qualquer variação disso era (*e é? e é?*)doença, patologia, loucura, defeito de fabricação, como posso admitir uma coisa dessa? sou anacrônica, admito. talvez esteja vivendo na época errada, no lugar errado. vou ter de ficar por aqui, o telefone está tocando, deve ser o jorge c. cobrando minha presença no aniversário dele. a gente se fala. vou combinar horário com andré e te falo, te e-mailizo. quero q vc se foda, quero q vc se foda (*hehehehe...*) quero q vc me foda, quero q vc me foda (*hehehehe...*)

primeiro de agosto

de: paulap@uau.com.br
para: josek@uau.com.br
cc:
assunto: porra!

Caí na armadilha de novo. vc me avisou, eu sei. não é a primeira vez q acontece, vc sabe. talvez seja a quinta ou sexta, sei lá. difícil me controlar quando essas coisas acontecem, estou me separando de frederico novamente. é sujeito insuportável, vc tem razão, vc sempre tem razão. é incrível a capacidade q vc tem de entender e desvendar os segredos e mistérios da alma alheia. pena q não tenha nenhum talento para fazer o mesmo com vc, sempre perdido em divagações niilistas e em delírios de perseguição. deus não persegue vc. deus nem sabe q vc existe. e, o q é mais provável, deus não existe, foi inventado por padres católicos para nos deixar menos apavorados, menos angustiados. se existir um deus, existem vários. sou (*era?*) ecumênica, lembra? acho q vale tudo para tentar sair dessa merda abissal em q estamos afundados. afinal, como não enlouquecer diante dessa vida sem lógica, absurda, q vivemos? não tenho nenhuma vergonha na cara, frederico não tem nenhuma vergonha na cara, somos dois ordinários, incapazes de nos separarmos para sempre, incapazes de ficarmos juntos para sempre. (*vc falou em filho? vc descobriu q tem um filho de vinte anos, foi isso? ouvi bem? como? ao q me consta vc é gay até a quinta geração. quero explicações, detalhes.*) eu e frederico parecíamos estar superbem, viajávamos juntos, íamos ao cinema juntos, fazíamos sexo duas, três vezes ao dia (*como sempre acontece quando começamos período de reaproximação*). de repente, o monstro q habita frederico recrudesceu (*e não me venha com essa história de q tb tenho monstro dentro de mim; as mulheres nunca são diabólicas, os homem sim, pelo menos noventa por cento são*) e tudo voltou à estaca zero. é como se não suportássemos ser felizes por alguns dias, meses, precisássemos atiçar o diabo com a vara curta (*para usar expressão q lhe é cara*), invocássemos todos os demônios q pudessem nos levar novamente aos infernos da guerra conjugal. quantos e-mails já te enviei exatamente iguais a esse nos últimos dois anos? talvez nove. talvez dez. quero morrer. pq volto novamente ao ponto de partida? pq erro tanto? estou cansada de ser assim. ontem, depois de perceber os primeiros indícios do monstro voltando a habitá-lo (*frederico é espécie de o publicitário-e-o-monstro; às vezes é o melhor homem do mundo; às vezes é o pior homem do mundo; gostaria q não fosse nem uma coisa nem outra, q fosse homem comum, sem altos e baixos, regular, equilibrado, centrado.*

mas será q este tipo de homem existe? sei q a fala é sua, que vc vive me perguntando isso, quando escrevo cartas assim pra vc; ponto pra vc) na última vez q isso aconteceu, lembra?, mergulhei no misticismo mais extremado, consultei todos os oráculos possíveis e imagináveis, ouvi coisas parecidas com resgate de carma *(frederico e eu tínhamos dívida a pagar de vidas passadas)*, freqüentei sessões espíritas e alguém *(quem? quem? sei lá, o médium me disse apenas q era voz feminina)* me falou para eu rezar, rezar muito *(para quem? para quem?)*, pois minha história com frederico poderia acabar em tragédia, caso eu não cuidasse melhor de minha vida espiritual. e aquela história, lembra? fui ao interior de goiás visitar mulher que diziam materializar as dores e os dramas das pessoas q a visitavam. transformava o abstrato em concreto *(ciúme, angústia, medo, pânico em roupa usada, sapato sujo, objetos de uso pessoal; a metáfora materializada?)* e depois mandava a pessoa jogar tudo no fundo do rio. fui lá. o q tinha a perder? nada. fiquei mais louca ainda, havia mais de duzentas pessoas na fila, quando chegou a minha vez a mulher pediu apenas q pegasse mecha de algodão em caixa q havia ao meu lado, mentalizasse *(mentalizasse o quê? não consegui mentalizar nada)* e lhe entregasse. assim o fiz. a mulher, com mãos ágeis, começou a mexer naquela massa branca, com velocidade absolutamente hipnótica. se não como explicar que dali, daquele nada inicial, começassem a surgir coisas concretas, como terço, livrinho de orações, sapato antigo *(q talvez fosse meu, talvez fosse do frederico, foi tudo tão rápido, nunca vou ter realmente certeza)*, xale preto, frasco de perfume vazio e dezenas de pedaços de caco de vidro? paguei à mulher e saí de lá com meu pacotinho de lixo cármico materializado (*foi a melhor expressão q encontrei para definir o q carregava nas mãos*) e, sem tempo a perder, joguei tudo, o mais rápido q pude, no fundo do rio q banhava a cidade. como explicar o q aquela mulher fez? como explicar a minha ida àquele lugar e a presteza com q segui as instruções da velha bruxa e tenha jogado tudo imediatamente fora? (*nunca esqueço a boca murcha e torta da velha senhora ordenando: jogue tudo fora, absolutamente tudo, se guardar pedacinho de vidro que seja, a sua vida vai continuar o inferno q está*) como explicar aquele mergulho no desconhecido, no imponderável, na procura das razões que me levavam ao estado de eterna infelicidade q vivia/vivo? desespero talvez fosse a resposta mais óbvia. mas talvez houvesse (*haja*) algo mais, q não consigo captar, q não consigo entender. a verdade é q, depois de todo esse périplo pelas profundezas do baixo misticismo (*existiria alto misticismo? me responda josé k, vc q sabe tudo, q sabe todas as respostas para as dores alheias e nenhuma para as suas próprias. vc, pai? não consigo registrar esta informação, não consigo processar, vou precisar de algum tempo para isso...*), nada mudou. joguei o meu lixo cármico fora com tanta convicção q pensei q me tornaria a mulher mais feliz do mundo no dia seguinte. não foi bem assim. de lá para cá, casei e descasei com frederico várias vezes, a vida continua uma merda, às vezes penso q vou enlouquecer, como naquela noite em q te liguei às duas horas da manhã dizendo q estava querendo me matar, q precisava me matar, e vc falou tanto e de tanta coisa q acabei dormindo... acordei com vc batendo na porta, quase arrombando, assustado com o meu silêncio. quando abri a porta vc berrou: pensei q vc tinha se matado, porra! mude o roteiro! deixe de ser esta eterna adolescente e cresça, porra! e foi embora batendo a porta. mas não cresci, josé k., sou a mesma garota q assistia a filmes românticos no cine marabá (*e chorava, chorava, chorava ao sair; não queria sair, queria ver o filme mais uma vez, mas minha mãe me puxava, me levava embora. foi quando decidi: queria q meu amor por um homem fosse para sempre, como via nos filmes*), sou a mesma garota que fumava hollywood sem filtro roubado de meu pai e não perdia um capítulo das novelas da tupi *(beto rockfeller, lembra?)*. não cresci, não crescerei jamais. é insuportável sentir q estou me repetindo, q já vi esta cena antes, q talvez veja esta cena de novo.

estou pensando em matar o frederico. estou falando sério, porra, vou matar o frederico. o q acha? o q acha?

paula p.

dois de agosto

de: josek@uau.com.br
para: paula.p@uau.com.br
cc:
assunto: re: porra!

cara paula,

Serei cruel com vc (*precisamos ser cruéis com as pessoas q amamos, para usar expressão q lhe é cara*): vc está se repetindo, my dear, tudo o q vc escreveu até o penúltimo parágrafo já escreveu antes em e-mails anteriores (*e posso provar isso; arquivo todos os e-mails q recebo; um dia ainda vou aproveitá-los de alguma forma, talvez escreva livro*). a única novidade é o desejo (*compreensível; trata-se realmente de um crápula*) de matar frederico. acho ótima idéia (*há momento na vida q a gente precisa fazer algo para sair da lama e romper com tudo; talvez esteja no momento de fazer isso*). mas duvido q tenha coragem de matá-lo. sinceramente (*precisamos ser sinceros com as pessoas q amamos, citando-a outra vez*), acho q vc vai mergulhar no fundo do poço, quicar (*para usar novamente expressão e imagem q lhe são caras*), voltar à tona e cair, de novo, nos braços de frederico. talvez seja o seu carma, e nem deus (*com quem ando me correspondendo virtualmente, é mais provável q seja mais um dos muitos loucos q usam a internet para falar bobagens, mas tb pode não ser. quero correr o risco*) nem o diabo possa resolver; nós, humanos, precisamos perder esta mania de culpar deus por todas as nossas desgraças.

ah, quanto ao meu filho... vou ser cruel com vc novamente: não quero tocar nesse assunto com vc, prefiro falar sobre andré com pessoas menos desequilibradas.

faça algo útil (*além de matar frederico, claro*). q tal atender pessoas desesperadas pelo telefone duas vezes por mês, quatro horas por dia, no cvv?

a atividade me faz bem: percebi q deus é democrático e bota pra foder, joga duro com pelo menos três quartos da humanidade. poucos são felizes, my dear.

se nada disso der certo, volte às drogas, porra.

e (*citando-a novamente; vc percebeu o tom paulap.niano deste bilhete?*) pare de me encher o saco!

josé k.

três de agosto

de: andre.g@uau.com.br
para: josek@uau.com.br
cc:
assunto: notícia de falecimento

prezado senhor,

Se lhe interessar possa, minha mãe, a senhora dalva t., morreu ontem nesta cidade, depois de longa enfermidade. padecia de câncer no esôfago. nos últimos meses de vida resolveu me revelar q o senhor era meu pai e, confesso, não tenho, nem quero ter, nenhuma idéia do que isso significa, ou pode significar. não fiquei exatamente feliz: aos dezenove anos, já estava absolutamente conformado com a idéia de ser órfão de pai, condição da qual não quero abrir mão. de antemão, aviso: não sou chegado a cenas de melodrama barato, tipo encontrá-lo chorosamente no aeroporto com câmeras de tevê registrando tudo.

a morte precoce de minha mãe, tinha quarenta e um anos, apenas confirma minha vocação para a orfandade. não posso deixar tb de dizer-lhe q tenho profundo desprezo pelos homossexuais, categoria na qual minha mãe disse q o senhor se enquadrava: vcs são uns filhos da puta.

adeus,

andré g.

quatro de agosto

de: josek@uau.com.br
para: paula.p@uau.com.br
cc: joanaba@uau.com.br; dante.m@uau.com.br; deus@uau.com.br; deus@uil.com.br; deus@waw.com.br; deus@pig.com.br; deus@dog.com.br; deus@mug.com.br; deus@big.com.br; deus@bill.com.br; deus@fuck.com.br
assunto: notícia do meu falecimento

juliano c. viajou. vai ficar duas semanas em trancoso, na bahia. nada melhor nesse momento de dor. odiaria contar-lhe a maneira irada como andré me tratou. juliano c. ficou feliz qdo lhe contei q havia descoberto q era pai. adorou a idéia, o fato de ter marido capaz de ter filho de vinte anos deve ter lhe deixado excitado. falou em viajarmos juntos para a bahia para conhecer o 'nosso filho'. quase vomitei ao ouvir a expressão e odiei a idéia de levá-lo comigo na primeira vez q visse meu filho. sentir-me-ia traindo andré se levasse juliano c. ao meu lado no nosso primeiro encontro. o fim desta é comunicar-lhes o meu falecimento, ocorrido ontem, o féretro sairá da rua pernambuco, higienópolis, logo depois das dezoito horas. deverei ser enterrado no cemitério do araçá, em cova rasa. por favor, compareçam. causa mortis: meu filho me rejeitou, enviou e-mail avisando da impossibilidade de qualquer contato físico e humano entre nós. além do mais (e nisso deve ter puxado a mim) odeia homossexuais. meu mundo caiu. q eu descanse em paz.

cinco de agosto

de: dante.m@uau.com.br
para: jose.k@uau.com.br
cc:
assunto: re: notícia do meu falecimento

caro josé k.,

Se isso o consola, invejo-o. vc está vivo. eu estou morto. ou quase, aguarde as cenas dos próximos capítulos. não suporto mais reler peças de william shakespeare e tragédias gregas. não fosse a releitura de viagem ao fim da noite, de louis ferdinand céline, q sempre funciona para mim como um soco no baixo-ventre, e diria q já morri e esqueci de deitar. para fingir q aindo vivo, tento pegar garotos no parque trianon. ontem trouxe para casa um q tinha mau hálito, mistura de chiclete de hortelã com o alho e a cebola do jantar. quase vomitei quando tentou beijar-me em troca de cem dinheiros (aaarg!). dispensei-o sem usá-lo. paguei e mandei embora: minha libido e odores desagradáveis são coisas absolutamente incompatíveis. com vc tudo acontece ao mesmo tempo, freneticamente. aproveite. a vida nem sempre é assim. na idade q vc tem hoje era considerado um dos grandes críticos teatrais do país e paparicado por artistas da globo, que, eventualmente, trocavam o elogio em uma peça q estrelavam por sessão de sexo, drogas e música clássica em minha casa. era o famoso sofá do dante, na verdade um boudoir q comprei num antiquário parisiense. verdade, alguns dormiam após ouvir debussy e ravel. mas fazer o quê? a burrice e a beleza eventualmente rimam e isso não chega a me incomodar. os belos e burros são ótimos de cama, acredite. se minha vida atual se transformasse em filme, não iria assisti-lo. e, se fosse, dormiria, tal a monotonia da trama. vc descobriu q tem um filho, cara, e mesmo ele te odiando, ou imaginando q o odeia, é quase um bênção. se tivesse um filho talvez estivesse menos só agora. está tudo tão entediante q resolvi reler o q vc chama monólogo visceral. agora o odiei menos, se isso o consola. há no texto um tom didático, para não dizer óbvio, q me incomoda profundamente (e não me venha dizer q foi proposital, todos diziam isso quando flagrava algum defeito de dramaturgia em peça q criticava nos jornais), como se vc quisesse conscientizar a platéia, catequizá-la, convencê-la de q a saída está na loucura. às vezes está, às vezes não. não tenho mais idade para engolir desabafos apologéticos dos maus modos. além disso, há muita falação, fala-se em demasia, pecado capital no teatro. às vezes, meu caro quarentão selvagem, o silêncio é mais eloqüente q mil palavras, vc ainda não percebeu? na verdade, acho sua vida muito mais interessante q o monólogo q criou. p q não escreve autobiografia? vc parece estar a bordo de potro selvagem, correndo a galope. eu pareço estar a bordo de pangaré paralítico. vc está em visível vantagem em relação a mim, se isso o consola.

ps 1: para não perder o hábito (*adoro passar a idéia de q sou um velho devasso, safado e sapeca*): vc ainda não enviou foto do seu pênis duro em estado de ereção.

ps 2: se juliano c. já lhe encheu o saco, parta pra outra. vc vai achar outro cara. ele tb. o q não falta no mundo são viados dispostos a se apaixonar por outros viados.

ps 3: leia judas, o obscuro, de thomas hardy.

seis de agosto

de: joanaba@uau.com.br
para: josek@uau.com.br
cc:
assunto: re: notícia do meu falecimento

não suporto o estilo melodramático q vc adota em situações como a q está vivendo agora. lamento, mas não tenho boas notícias: tentei convencer andré a recebê-lo, mas mantém-se irredutível. não acho q deva insistir. ele tem direito de não querer vê-lo e de se perguntar o q andava fazendo nos últimos vinte anos. vc pode alegar q não sabia da existência dele, mas isso não vai santificá-lo, nem fazê-lo se apaixonar por vc. sabe de uma coisa? no lugar dele faria a mesmíssima coisa. sugiro q tente ficar o mais zen possível, mas, como o conheço muito bem, acho q não vai conseguir e vai bombardear a mim, aos amigos e ao próprio andré com lamúrias e chantagens emocionais. a vida está lhe dando chance talvez irrepetível (*tipo apresentação única, sabe?*) de virar homem e honrar as calças q veste (*deixe-me adivinhar o seu pensa-*

mento: vc está falando como a senhora sua mãe! pense o q quiser). p q não aproveita o tempo livre (*já arrumou trabalho?*) e escreve alguma coisa. conheço cara q vivia dizendo q queria ser escritor, q queria escrever romances. kd? kd? falta inspiração? cheire cocaína, tome ácido, fume maconha, beba éter, faça qualquer coisa, mas produza algo, escreva alguma coisa, mas não fique aí chorando mágoas. essa idéia de q é o único terráqueo infeliz sobre a face do planeta ainda vai acabar com vc. juliano c. me telefonou e talvez o encontre em trancoso no próximo fim de semana. pense muito bem antes de se separar dele. as coisas podem ficar ainda piores do q estão, vc totalmente sozinho aí em sp, sem emprego, com o andré ignorando a sua existência e ninguém telefonando para passar um frila ou chamá-lo para ser editor chefe do maior jornal do país, q no fundo é o q vc imagina q vai acontecer. lamento informar, mas isso jamais acontecerá. sem juliano c. as coisas podem ficar ainda piores. hoje, mal ou bem, vc ainda tem o juliano c. (*ótima criatura q consegue viver maritalmente com vc há tantos anos, o q o transforma em forte candidato a ser o primeiro santo brasileiro*) ao lado, tentando remover os desastres que vc provoca na vida pessoal e profissional. não o perdôo por ter pedido demissão daquela revista onde trabalhava como repórter especial. ainda tenho guardado aquele e-mail em q comunicava a decisão. dizia literalmente: 'não suporto mais escrever perfis de peruas'. deu no q deu: há quase três anos não o convidam para lugar nenhum.

vc precisa dar um jeito na sua vida, cara.

a gente se fala,

joanaba

seis de agosto

de: paula.p@uau.com.br
para: josek@uau.com.br
cc:
assunto: re: notícia do meu falecimento

Oi, querido...
ainda bem q não segui o conselho e não matei frederico. entendi, vc só estava querendo me ajudar, mas tudo bem. a vida voltou a ser bela. estamos juntos de novo. eu e fred brigamos muito, mas não tenho dúvidas, é o homem de minha vida. quanto a vc, vou tratá-lo hoje com menos crueldade (*estou tão feliz!!!!*), mas não pense q gosto menos de vc por isso (*afinal não vivo dizendo q temos de ser cruéis com as pessoas q amamos?*). acho q o andré aceitá-lo como pai é questão de tempo. procure relaxar, pense em outras coisas, q tal escrever contos, crônicas, fazer letra de música popular brasileira? pense nisso. voltando ao andré, o garoto deve estar muito arrasado com a morte recente da mãe e, admitamos, não deve ser fácil para ele descobrir, aos dezenove anos, q é filho

de pai homossexual (*nenhum moralismo, vc é mais moralista do q eu em relação ao assunto e sabe muito bem d q estou falando*). mas, aos poucos, vai aceitá-lo, entender sua sexualidade, descobrir a pessoa maravilhosa que vc é e até ser amigo do juliano c., de quem vc não deve se separar de jeito nenhum, ele é um anjo bom na sua vida, acredite em mim. fique legal.

um grande beijo.

paula p.

ps: vamos fazer jantar para festejarmos o fato de termos feito as pazes. sábado, depois das 21:00h. vem pouca gente. cada um traz a bebida. vc vem?

sete de agosto

de: josek@uau.com.br
para: paula.p@uau.com.br
cc:
assunto: re:re: notícia do meu falecimento

1. serei curto e grosso (*vc precisa apanhar do marido para ser feliz, vc é doente paula p. eu tb sou, mas vc extrapola, exagera*): vc e frederico se merecem. quero q sejam felizes para sempre. ou até q nova briga vos separe. mas proíbo vc de me ligar ou me e-mailizar a qualquer hora do dia ou da noite para chorar as mágoas desse casamento de merda.

2. vc enlouqueceu de vez? está me sugerindo q me torne letrista de música popular brasileira? vc surtou, paula. a reposição hormonal não está te fazendo bem.

3. juliano c., um anjo bom na minha vida? (*vc ainda acredita em anjos, paula?*) ouça essa: acabei de saber q foi passar duas semanas em trancoso com um amante. não o condeno. vou fazer o mesmo quando puder.

4. vá plantar batatas, paula p.

oito de agosto

de: josek@uau.com.br
para: joanaba@uau.com.br
cc:
assunto: re: re: notícia do meu falecimento

Vá plantar batatas, vc tb.

dez de agosto

de: dante.m@uau.com.br
para: josek@uau.com.br
cc:
assunto: testamento

josé k.

"... estou num caos moral. Procurando às apalpadelas, no escuro. Agindo por instinto e sem modelo algum. Há oito ou nove anos, quando aqui vim pela primeira vez, tinha um perfeito estoque de opiniões estabelecidas, que foram caindo uma a uma. E quanto mais caminho menos me sinto seguro. Pergunto-me se, presentemente, tenho outra regra de vida a não ser a de seguir pendores que não sejam nocivos nem a mim nem aos outros, e fazer prazer às pessoas de que gosto. Aí está, senhores: queríeis saber o que eu me tinha tornado, disse tudo. Possa isso vos ser útil! Não posso me explicar mais longamente aqui. Percebo que deve haver qualquer coisa de errado nas nossas fórmulas sociais: para descobri-lo haveria necessidade de homens e mulheres mais clarividentes do que eu — se é que alguém o possa fazer, em nossos dias. Porque quem é que sabe o que é bom para o homem neste mundo? E quem pode dizer a um homem o que haverá, depois dele, debaixo do sol."

ps: como o personagem de thomas hardy, tb me pergunto, o q haverá? vou tentar descobrir.

dante m.

doze de agosto

de: josek@uau.com.br
para: dante.m@uau.com.br
cc:
assunto: re: testamento

caro dante m.,

"... na época eu era uma criança, ela me metia medo, a prisão. É que eu ainda não conhecia os homens. Nunca mais acreditarei no que dizem, no que pensam. É dos homens e só deles que se deve ter medo, sempre."

ps: li nos jornais a notícia de sua morte, morre o mais importante crítico teatral do país, manchetearam os segundos cadernos do eixo rio-sp-df. a chance de q receba este e-mail com trecho de obra de céline, portanto, é remotíssima, mas mando mesmo assim, mesmo sem saber para que merda de lugar iremos depois q morrermos.

jose k.

treze de agosto

de: josek@uau.com.br
para: deus@uau.com.br
cc:
assunto: help!

deus, in audiutorium meum intende!

quatorze de agosto

de: deus@uau.com.br
para: josek@uau.com.br
cc:
assunto: re: help

faço minhas as palavras de nietzsche
(não sei dançar, portanto nunca acreditará
em mim; mas acredito nele. é o que importa):
"só às almas mais espirituais, dando por assentado que sejam as mais valorosas, é dado viver as maiores tragédias."

quinze de agosto

de: deus@uau.com.br
para: josek@uau.com.br
cc:
assunto: re: help I

medice, cura te ipsum!

dezesseis de agosto

de: josek@uau.com.br
para: deus@uau.com.br
cc:
assunto: dúvida cruel

é o senhor mesmo? ou alguém falando por vossa boca?

dezessete de agosto

de: deus@uau.com.br
para: josek@uau.com.br
cc:
assunto: re: dúvida cruel

O senhor nunca terá tal resposta.
nunca a terá, garanto. posso dizer apenas que esta é a última vez que falo com você (há muito o que fazer por aí).
nunca esqueça: o homem sem ofício é escravo de todos.
foi bom conversar com você.
mensagem final, câmbio, desligo.

sete de setembro

de: josek@uau.com.br
para: andré.m@uau.com.br
cc:
assunto: o livro das perguntas sem respostas

oi andré,

estou há vinte dias sem sair de casa e sem ligar o computador, que, como vc sabe, é forma, digamos, contemporânea de sair de casa, de cair no mundo, nesse clima de pré-apocalipse em q vivemos.
    minto: faço as minhas caminhadas diárias, é melhor do q cocaína, acredite, me mantêm vivo.
    vc caminha, pratica esportes, nada, joga futebol?
    dou dez voltas em torno da praça buenos aires, aqui perto, vc precisa conhecer sp, não é assim luminosa como salvador mas tem muitos encantos, depois volto correndo para casa.
    tenho lido muito tb.
    vc gosta de ler?

pensei em mandar dom quixote, de cervantes, pra vc, mas depois broxei, desisti.

vc gostaria de ler este livro?

ando deletando e-mails sem lê-los, não devem falar de nada importante, apenas lixo eletrônico, tipo paula p. voltando aos braços do marido, joana dizendo coisas q não quero ouvir. não atendo telefonemas (a secretária eletrônica e juliano c. o fazem quando o telefone toca de vez em quando).

juliano c. é meu namorado/marido. creio q vc já sabe, sou casado com outro cara há exatos quinze anos. espero tb q vc, como todos os outros q me estão próximos (ou fingem q estão), não me peça para continuar casado com ele; casais homossexuais tb se desfazem se é q vc não sabe.

mateus, o garoto que tem quase sua idade com quem andei me encantando e ele se encantando por mim, sumiu do mapa. não dá sinal de vida. dia desses me flagrei procurando o nome dele na página de necrologia dos grandes jornais. é depressivo crônico daqueles q tomam quatro comprimidos de lítio por dia. é cara brilhante, inteligente, adoro-o, mas nós dois juntos pode virar trágica letra de tango.

não sei se vc sabe, não sei dançar. deus tb não, garanto.

fiquei meio chocado com a homofobia

(vc sabe q porra é isso?)

demonstrada por vc no e-mail anterior, mas tudo bem. não é fácil, admito, entender o homossexualismo, não sei se agiria diferentemente estando no seu lugar.

há três semanas morreu crítico de teatro conhecido, talvez vc já tenha ouvido falar dele.

dante m., já ouviu falar?

só o conhecia virtualmente, trocamos dois ou três e-mails, mas acabei sentindo certo carinho por ele, me afeiçoando a ele. deu um tiro na cabeça. já pensei em fazer isso dezenas de vezes

(vc tb já pensou?),

mas é provável q morra velhinho feito o velhote daquele filme, o pequeno grande homem.

vc assistiu?

vc gosta de cinema?

viu quanto mais quente melhor, ben-hur, o sol por testemunha?

claro que não, não são do seu tempo.

não ando me sentindo muito bem ultimamente. tenho me sentido fracassado, aos quarenta e quatro anos não consegui realizar nem metade dos muitos sonhos da adolescência e da pós-adolescência.

vc tem muitos sonhos?

pensa em escrever livro?

pensa em fazer filme com leila diniz no papel principal?

vc sabe quem foi leila diniz?

talvez sejam coisas decorrentes da meia-idade, andropausa, essas coisas, já ouviu falar?

tenho, por motivos óbvios, pensado muito em vc. pedi a

joana que mandasse fotografia sua, mas não mandou. pedir q vc o faça talvez seja provocação de minha parte. mesmo assim peço. escaneie e mande. não vai doer nada. vc vai ver.

    soube que estuda antropologia. legal.

    soube tb q tem namorada mais velha q vc, legal tb.

    os jovens q me perdoem, mas isso demonstra sensatez. a velhice traz rugas (e seu velho pai já tem algumas; olha eu falando como se fôssemos íntimos. perdão), mas traz tb certa sabedoria. não q todos os velhos sejam sábios, tem uns muito idiotas, muito safados, muito babões.

    acho q estou meio bossa nova hoje, ouvindo joão gilberto (q vc deve odiar) e chet baker (q vc não deve conhecer). quando puder ouvi-lo, faça-o.

    é só.

    apareça quando quiser.

    quando quiser me ver, mande recado. vou correndo.

    grande abraço,

    josé k.

    ps 1: as pessoas têm me achado chato ultimamente. eu tb. mas não posso fazer nada. tem época na vida da gente q tudo dá errado. tou vivendo ela agora. espero q não dure muito mais.

    ps 2: vc me chamaria de louco se dissesse pra vc q andei conversando com deus pela internet?

    poderia ser algum louco falando em nome dele, claro.

    mas, diabos, não poderia ser o próprio? não poderia?

    ps 3: beijos na namorada.

ps 4: se quiser ligar, ligue. vc eu atendo.

ps 5: sabe de uma coisa, cansei de ficar em casa. vou ver um filme, sair por aí, sei lá. talvez escreva um livro.

por que não?

*o*ito de setembro

de: andré@uau.com.br
para: josek.m@uau.com.br
cc:
assunto: re: o livro das perguntas sem respostas

meu pai,
venha.
o resto a gente conversa aqui.
andré.

OlivrodeJoão

Capítulo I — A guerra acabou

era sobrevivente de guerra, era mutilado de guerra.
Não sou mais.
Vivi em campo eternamente minado.
Não vivo mais.
A guerra acabou.
Tenho vontade de gritar, de comemorar, de sair correndo pelas ruas, berrando: a guerra acabou, a guerra acabou.
Contenho-me: não posso me mexer, nem quero, nem desejo. (*A imobilidade absoluta não era tudo o que queria, tudo o que desejava? Não era isso o que ansiava ardentemente nas noites em que enchia a cara de uísque e cocaína no auge de minhas crises depressivas e ia transar sem camisinha com prostitutas da trezentos-e-quatorze-norte?*)
O meu corpo... (*quanto à minha alma, sei lá, acho que ainda não morreu não; só o tempo dirá*)... o meu corpo está preso às ferragens e aos restos mortais de gol cinza pérola que acabou de bater violentamente num corsa verde, ou coisa parecida.
Foi tudo tão rápido, há duas horas (*depois de ótima noite de*

sono, sem pesadelos, sem visões funestas, nada, dormi o sono das crianças bem-nascidas), estava dando ponto final em artigo que enviei logo em seguida para jornal de São Paulo, depois escovei os dentes, tomei café preto com dois pedaços de pão que mofavam na geladeira, vi um pouco de tevê, o mundo, como sempre, está um caos, liguei para o Carlos avisando: aterrissaria no Galeão por volta do meio-dia (*agora, acho, não mais*), ele prometeu me pegar no aeroporto, não vou ao Rio de Janeiro há anos, cidade onde pequei muito contra a castidade no final dos setenta, início dos oitenta.

Mas, pensando bem, que diabos aconteceu comigo, um furacão, um terremoto, um maremoto, ou tudo isso junto? Que diabos faço dentro desta montanha de ferros retorcidos? Sinto-me tal e qual sardinha enlatada. Detalhe macabro: tenho homem imenso me beijando/devorando o rosto.

Talvez não tenha sido corsa verde e sim van lilás que bateu em nós. (*Não dá para distinguir o que é carne, o que é máquina. O que está vivo e o que está morto. O que é verde e o que é lilás. E que importam esses detalhes agora, caro leitor?*)

Num raio, num piscar de olhos, a guerra acabou. Eu, claro, perdi.

Na verdade vinha perdendo a guerra havia tempos. Foi derrota atrás de derrota. Já vi este filme antes, mas agora é o final dos finais, o fim da trilha, a sessão das dez de cinema que fecha amanhã, não há mais filmes para serem exibidos. Tomara. Já não se faz mais filmes como antigamente. Ou seria já não se fazem mais filmes como antigamente? (*Porra, João P., isso é hora para levantar questões gramaticais? Claro, por que não? Sempre é.*)

Sinto dores na cabeça, na barriga, no baixo-ventre. Daqui a pouco, estou certo, todas as dores, físicas, morais e emocionais, passarão. Eu também. A parte lateral direita (*ou seria a esquerda? Talvez percamos a noção do que é direita e esquerda quando morremos; antes tarde do que nunca*) do meu cérebro afundou, como caqui maduro que foi, inadvertidamente, pisado por lutadores de sumô loucos para demonstrar virilidade. (*Você sabia? Os lutadores de sumô mais jovens limpam a bunda dos lutadores de sumô mais velhos? Faz parte da tradição.*)

As (*minhas*) pernas mecânicas se fundiram com as peças do motor do automóvel e não dá para perceber, ainda que me esforce um bocado, onde acaba o homem (*eu*) e começa a máquina destruída (*o gol cinza pérola*). O hálito fedido do gordo motorista de táxi, que tem cinto de segurança lhe servindo de tétrico colar e baba caudalosamente líquidos diversos sobre o meu rosto, me deixa tonto. Far-me-ia morrer de novo se quase (*quase?*) morto não estivesse.

Jamais esquecerei a cara de terror dele, a cara de pânico dele (*talvez refletindo a minha face, igualmente aterrorizada, igualmente petrificada*) quando o carro em que viajávamos bateu. Trocamos salivas, sangues e suores, meu braço esquerdo (*ou seria o direito?*) entrou com fúria no estômago dele e, neste exato momento, talvez esteja apalpando algo parecido (*quem sabe o próprio?*) com o sanduíche de mortadela que comeu no café da manhã.

Ou teria sido misto quente? Ou pão com manteiga na chapa? Gagárin não tinha razão: a terra é vermelha, a terra é vermelha.

Meu coto... (*um deles; o outro não tenho a menor idéia de onde esteja, talvez em algum lugar no banco de trás, talvez cozinhando sob o sol no asfalto quente. E a minha sacola com passagens aéreas, documentos, esboços de ensaio sobre Graciliano Ramos e cerca de duzentos e cinqüenta reais? Cadê? Cadê? Cadê minha bolsa?*)... meu coto, meu quase joelho, o que sobrou dele, está afundado no ventre volumoso do taxista.

As camadas e mais camadas de gordura daquela gordíssima criatura... (*De que adiantou a minha rígida dieta anticolesterol? De que adiantou a minha renúncia àquelas suculentas carnes de que gostava tanto, hein, Ana?*)... as banhas daquela gordíssima criatura aninham, acolhem, quase carinhosamente, uma das marcas mais indeléveis das derrotas de minha guerra pessoal contra deus e contra o diabo.

Os dois, não duvido, agiram mancomunados e foram vitoriosos: acabaram me fodendo. Vocês venceram! Vocês venceram!

Neste exato momento, eu e aquele desconhecido temos o mesmo sangue, o mesmo corpo, estamos nos beijando na boca, parece *Beijo no asfalto*, de Nelson Rodrigues. Será que alguém vai nos fotografar e nos chantagear, como se fôssemos amantes contumazes que trocaram as esposas por tarde na garçonnière com o amante? Mas não se preocupe, caro leitor, não se apavore, não me peça para usar camisinha, não precisamos mais fingir o que não sentimos: não há nenhum risco de contágio, não há possibilidade de chantagem. Ambos estamos mortinhos da silva, nos livramos para sempre desses infortúnios que atormentam a vida da gente, nos enlouquecem, nos tiram do sério.

Por esses e outros motivos, não ressuscitarei no terceiro dia nem que a vaca tussa, nem que o céu caia sobre a terra. Mas já não caiu? Vou pra não voltar.

Pergunto-me apenas: por que morrer ao lado dele, desse cara disforme, feio, com hálito de boca de lobo de ponta de rua de periferia de Brasília e aquele papo ordinário? Um ou dois minutos antes do acidente, vociferava contra mulher negra que atravessara inesperadamente a pista. Bradou:

— Ordinária! Odeio essa raça. São filhos da puta todos. Alguém pede táxi pelo telefone, quando chego ao local da chamada e percebo que é um negro ou negra que pediu a corrida, fujo, corro atrás de outro passageiro. Deviam perguntar antes: Sou negro, o senhor me levaria no seu táxi assim mesmo? E eu responderia com toda a extensão de minhas cordas vocais, sou barítono: Não, não e não!

Escroto! Cachorro! Ordinário!

Exatamente quando tentava demonstrar desprezo por tamanha insensatez e preconceito, batemos. Exatamente nesse momento o outro carro se espatifou ao encontro de nós, espatifando-nos. (Deus — ou o diabo? — *demonstraria racismo ao me eliminar exatamente neste momento? Pergunto, mas logo constato o absurdo da questão: afinal Deus — ou o diabo? Por que esta minha mania de culpar*

Deus por tudo? — matou também o barítono preconceituoso e, com isso, talvez tenha querido demonstrar a quem interessar possa: morrer é apenas questão matemática, hora e lugares certos e, pronto, acabou, fim de jogo, não importa se fodemos ou se fomos fodidos.)

Durou quase nada, de repente, carro a toda velocidade... (*talvez a 140 quilômetros por hora; também não estávamos devagar, pedi ao taxista para correr um pouco mais, estava atrasado, como sempre, não queria perder o vôo, embora soubesse que era melhor perder um minuto na vida do que a vida num minuto; alguém vivia me repetindo isso na adolescência, não lembro exatamente quem, mas fosse quem fosse, era um chato, uma chata*)... carro a toda velocidade na pista contrária perdeu o rumo, como se estivesse sendo empurrado por forças superiores, e arremeteu contra a parte lateral do automóvel em que viajávamos.

Não houve tempo para nada, nem para ter medo. O motorista ainda gritou grito seco e vociferou: puta merda! Eu nem isso. Não pude rezar ave-maria, nada, nenhuma daquelas orações que a gente aprende na infância, não esquece nunca mais e repete em ocasiões de pânico, mesmo que sejamos ateus, agnósticos, não tenhamos religião nenhuma. É mais forte que nós.

Ouço vozes.

Garoto (*pelo menos a voz parece ser de um*) grita para outro, satisfeito, tinha ganho o dia, ia ter muito o que contar na escola, em casa, na rua, nos chats da internet:

— *Vamos ver, vamos ver, alguém deve ter morrido. Legal, parece filme...*

O carro, e nós dentro dele, ainda não tínhamos parado de

respirar totalmente, e vi, a pouquíssimos centímetros de mim, a cara do menino (*acertei, era de fato um garoto*) enfiada dentro do que restou do automóvel e de nós. Dizia pro amiguinho, mais medroso, menos destemido diante de corpos feridos e disformes:

— *Pô, cara, eles se foderam. Os dois homens estão enroscados um no outro. O que está no banco do carona está ainda mais fodido, não tem mais rosto, é só sangue, miolos e um olho enorme, monstruoso.*

Estava falando de mim, o canalha. Olhou para mim de novo (*talvez oito, talvez dez anos, bochechas rosadas, olhos vivazes, parecia criança bem-nascida do Plano Piloto que tinha em casa todas as delícias do final do século e uma mãe e um pai que lhe davam tudo o que desejava, uns canalhas*) e viu quando meu corpo pendeu para a frente, fundindo-me ainda mais às carnes e às banhas do taxista, e nossas caras, unidas xifopagamente, a minha e a do motorista, desabaram sobre o volante (*volante? não há mais volante porra nenhuma, é outra coisa que não tenho a menor idéia do que seja*).

Foi, acho, exatamente nesse momento que morremos.

Ou remorremos.

Ouvi de novo:

— *Olha, tem sacola aqui no chão, suja de sangue, deve ser de um deles, vou pegar, deve ter dinheiro, vamos levar, vamos levar?*

O outro, covarde (*os colegas de classe devem tirar o maior sarro dele na escola, chamá-lo de viadinho, de mulherzinha, de Bambi, coisas assim*), ponderou:

— Não, melhor deixar aí, sacola de gente morta dá azar...

O corajoso contra-atacou (*e tive ímpetos de matá-lo a golpes de canivete na carótida*):

— Azar nada, cara, isso aqui deve estar cheia de coisas legais...

Quis gritar, queria matar aqueles sanguessugas, aqueles vermezinhos ordinários que ousavam roubar minhas coisas mais íntimas. Meus documentos inclusive.

Entrei em pânico: como iriam me identificar agora? Sempre tive paúra de morrer e de não poderem descobrir depois quem eu era. Meu irmão tinha medo de ser enterrado vivo, eu não.

Desde criança vivia tendo pesadelos, me vendo sem rosto, morto, com pessoas circulando ao meu redor, perguntando-se quem é, quem é? E é o que pode acontecer agora se esses safadinhos levarem minha bolsa. Mas não posso fazer nada, nada, estou completamente paralisado.

Estou perdido.

Pela dor profunda que sinto no rosto, imagino-o absolutamente disforme, e relembro o que o garoto falou, o sacaninha:

— O que está no banco do carona está ainda mais fodido, não tem mais rosto, é só sangue, miolos e um olho enorme, monstruoso.

Assustados, mas felizes (*estavam ricos e bem pagos: duzentos e cinqüenta reais a mais nos bolsos e histórias para contar durante uma semana, talvez um mês*), os meninos partiram correndo.

Só na mente de um deus embriagado de vodca vagabunda, eu... uma pessoa como eu (*já é hora de mandar a modéstia às favas, sou sujeito de bom caráter; íntegro, ex-militante comunista que defen-*

dia a luta armada e se engajou na luta pela democratização do país a ponto de ser preso e torturado. Tive unha da mão direita arrancada e tomei choques elétricos nos testículos e no pênis, mas não foi tão ruim assim, teve gente em que enfiaram rato vivo no ânus; hoje profissional competentíssimo; um décimo do salário de oito mil reais depositado mensalmente na conta de instituição religiosa que cuida de menores carentes; noventa e cinco por cento dos artigos e ensaios publicados, em livros, revistas e jornais publicados no Brasil, EUA e Europa, defendendo a necessidade de a humanidade tolerar o que não é espelho: o homossexual, o negro, o deficiente físico, o diferente; meu filme de cabeceira é Intolerância, dirigido por D. W. Griffith)... eu, uma pessoa como eu, poderia morrer dessa forma violenta e, pior, ao lado de escroque como esse, que, com certeza, não sabe a diferença entre seis e meia dúzia (a frase em tom de blague era dita por professor da escola primária e eu odiava quando falava assim; é incrível como a memória recrudesce quando morremos ou estamos em vias de).

Não havia lógica. Não há lógica.

Duas perguntas dispararam no meu pensamento: A vida tem alguma lógica, João P.? Deus não está sempre bêbado quando traça o destino das pessoas?

Respostas possíveis: 1) Nenhuma lógica move as ações humanas. 2) Deus está sempre bêbado.

Foi sempre assim, Deus estava sempre bêbado e nenhuma lógica marcava minhas ações, desde que a guerra começou, há quarenta e dois anos, em pequena cidade do interior da Bahia, que, estranhamente, neste momento não me lembro exatamente qual.

... Mas me lembro de meu irmão mais velho, e único. Minha mãe morreu quando nasci (*alguém me avisava: as coisas não seriam fáceis*) e meu pai morreu de cirrose hepática (*excesso de álcool nas veias e sobrecarga de cigarros sem filtro nos pulmões*) logo depois.

... Mas me lembro de meu irmão mais velho (*e talvez agora, morto, possa dizer sem parecer piegas: amo você, amo você, cara, muito! fuja da tradição familiar e seja imortal! Você é imortal!*) me estimulando, quando fiquei cego de um olho aos oito anos de idade: foi apenas uma batalha, foi apenas uma batalha, garoto, você vai sobreviver, vencer a guerra e ser um grande sujeito. Coragem!

Sempre tentava lembrar as palavras dele em momentos de dor e pânico, como agora, mas perdi quase todas as batalhas (*embora não duvide que tenha me transformado em grande sujeito; os grandes sujeitos perdem a maioria das batalhas, aprendi, é a lei da selva, a lei dos silva, sei lá, estou meio tonto*), perdi quase todas as batalhas em que me envolvi...

... (*ou quase todas; tudo bem, tive Ana, mulher que me amou, e foi amada por mim. Agora não mais, vivíamos mal, quase nos odiávamos, só não tinha coragem suficiente para me separar dela; cozinhava — eu, não a Ana, péssima cozinheira, não sabia nem fritar ovo — frango chinês com molho de camarão absolutamente imperdível que maravilhava os amigos e foi álibi perfeito para levar muitas mulheres para a cama, para a sobremesa, brincávamos; passei luminosas e iluminadas temporadas em Paris, cidade que atesta para os devidos fins que Deus tem momentos de lucidez, e, last but not least, meus filhos,*

Tiago e Júlia, para quem suplico, imploro — a quem? A Deus? Ao diabo? Já não sei mais quem manda nesta merda!, faço qualquer negócio — destino melhor que o meu).

Dentes (*escurecidos pelo cigarro*) e boca leporina (*sim, agora percebo, o crápula com quem vivi meus últimos momentos sobre a terra tem lábios leporinos*) do obeso taxista se projetam sobre minha face e sobre meu olho (*o que sobrou; o artificial, novinho, mais anatômico e confortável que as próteses anteriores, recém-colocado em clínica de Belo Horizonte, entrou em órbita no segundo seguinte ao desastre e deve ter ido parar no lago Paranoá. Ou se transformado em brinquedo de cachorros das quadras próximas*).

Os bombeiros e enfermeiros devem estar perto, ouço sirenes berrando e pneus rangendo no asfalto quente. Pelo amor de Deus, que me tirem logo desta situação constrangedora: dois homens desconhecidos enovelados pela linha do destino, se penetrando, se enfiando, se transformando um no outro, se amalgamando um no outro, em macabra e escatológica cena de intimidade, cercados pelos olhos curiosos de multidão em êxtase. Espero que não haja nenhum conhecido no meio da turba que cerca o carro como animais no cio, como pessoas morbidamente atraídas pela desgraça alheia.

Nunca havia visto este homem, que agora habita em mim, antes, nem sabia o nome dele, entrei no táxi que dirigia apenas cinco minutos antes da tragédia.

Imagino Deus arquitetando tudo, detalhadamente.

Ato 1: o motorista gordo do gol cinza pérola pega João P.

em casa (*dez minutos antes havia pedido táxi pelo telefone, poderia ter vindo outro cara qualquer, pegaria outro carro qualquer e não estaria morto agora, misturando-me a vísceras alheias, a peças de ferro chamuscadas e tendo de suportar este terrível cheiro de óleo queimado e de excrementos humanos*).

Ato 2: às 9:15h do dia 24 de dezembro de 1997 (*o relógio, junto com o meu pulso, está estacionado, dentro do estômago do motorista obeso, mas lembro exatamente que dia é hoje e a hora em que saí de casa, estava indo para o Rio de Janeiro, aproveitar os feriados, descansar uns dias, repensar a vida, planejar o ano novo, talvez foder com alguma gostosona que desse sopa, rever os meninos. Tiago, Júlia, onde estão vocês agora? Rezem por minha alma*).

Ato 3: exatamente às 9:47h, no Eixão, na altura da duzentos-e-dois-norte, corsa verde (*ou seria van lilás?*) em sentido contrário perde a direção, avança em direção a gol cinza pérola e mata João P.

Talvez tenha sido exatamente assim.

Foi exatamente assim.

Pensando bem, aquele quase acidente de avião em que me envolvi em setembro passado talvez tenha tudo a ver. Talvez tenha sido aviso de que a morte estava próxima, de que não seria daquela vez, o avião não caiu e aterrissamos em Salvador com muitas horas de atraso, mas na primeira oportunidade morreria, seria questão de tempo, de hora e lugar.

Tudo bem, morrer não é o maior dos males, mas por que ao lado desse canalha, desse porco imundo, desse crápula? Jamais saberei a resposta.

Por enquanto algo me alivia: não vou precisar me divorciar de Ana (*é terrível terminar relacionamentos; dessa me livraste, hein, sacana?*).

Boa notícia: os bombeiros e os enfermeiros acabam de chegar. Vão me tirar dessa lama vermelha e me levar para a bem-vinda solidão de uma mesa gelada do necrotério.

Capítulo II — O primeiro sinal

fazia frio naquele tempo e naquele lugar.

O ar do meio do ano recendia pólvora seca.

Até hoje tal cheiro me enche de saudades, tenho vontade de voltar.

Sou... (*Era. Estou morto, esqueceram? Quase esqueci. Não é difícil esquecer que estamos mortos com esta loira balzaquiana, vestida de branco, a cara e o rabo de Vera Fischer, ao meu lado, nessa confortável viagem de ambulância rumo ao necrotério*)... era capaz de esquecer tudo, crise afetiva, amorosa, sexual, qualquer dor de amor tipo descobrir que a mulher que se ama trepa todas as segundas-feiras à tarde com um desconhecido, quando meu nariz inala/inalava tal odor.

É/era melhor que lança-perfume.

É/era melhor que éter.

É/era melhor que ácido lisérgico.

Acender um fósforo, qualquer um — simples não? — e cheirá-lo, às vezes, é/era melhor do que aspirar cocaína, ainda mais agora que costumam misturar a droga com pó de giz, com farinha de trigo, com o diabo a quatro.

A guerra não tinha começado. Estava ainda por vir.

Começaria nessa noite, perceberia mais tarde.

Junho era ansiado, esperado, desejado. Contávamos os dias, as horas, os segundos. No começo do mês já estalávamos bombinhas, bombas, bombonas, que chamávamos cabeças-de-nego e eram as mais disputadas, e rapidamente transformadas em cobiçadas peças de escambo.

A coleção completa dos gibis de Roy Rogers, Mandrake e Recruta Zero consegui assim, em troca de bombas cabeça-de-nego estocadas e depois vendidas em período em que o produto estivesse em escassez no mercado, tipo noite de ano-novo, tipo aniversário da cidade.

Fui garoto esperto, não nego.

Foi bom enquanto durou.

Além disso, consegui levar para o escurinho do cinema a menina mais bonita do colégio graças às tais bombas cabeça-de-nego. Demonstrei coragem vencendo vários concursos que consistiam em ficar o maior tempo possível com a bomba na mão, só deveríamos soltá-la no último segundo, no último microssegundo. Enquanto os outros garotos, uns maricas, apavoravam-se e soltavam o petardo antes do tempo, ficava até o fim, sem tremer. E para arrasar ainda mais com eles e demonstrar destemor, cantarolava música de um tal de Tony Campello (*ou seria Cely Campelo? Perdoe-me, por favor, caro leitor, venho tendo seguidos lapsos de memória nas últimas horas*).

Para ser sincero, não tinha nenhum medo de que a bomba explodisse na minha mão, não temia nada, porra nenhuma, nem alma penada, que os mais cagões morriam de medo de ver durante as madrugadas. Nem de um certo Ronaldo-não-sei-o-quê, playboy-que-usava-óculos-escuros-e-jogou-garota-chamada-Aida-Curi-do-alto-de-um-prédio-no-Rio-de-Janeiro, depois de tê-la currado (*ou deflorado, para usar expressão da época*). E, havia quem acreditasse, dizia-se: o cara desfilava pelas ruas da cidade em noite de lua cheia, procurando garotas (*e garotos*) virgens para currar.

Não estava nem aí (*pelo menos nessa época*).

O que me interessava era vencer os concursos, colar nos exames — um certo Raimundo, cu-de-ferro de marca, morria de medo de mim e me deixava copiar tudo — e conquistar garotas, muitas garotas. Foi graças a uma dessas vitórias que pude beijar de língua e passar a mão nos peitos, na bunda e na boceta da menina mais bonita da escola, uma tal de Dolores (*ou seria Dinorah?*).

Lembro: tinha peitos tão volumosos quanto a enfermeira que agora me cobre com lençol branco e que fala para o enfermeiro que a acompanha e, depois, para o motorista da ambulância:

— *Vamos direto para o necrotério. O paciente acabou de morrer.*

O enfermeiro demonstra irritação:

— *Que merda! Não gosto quando as pessoas morrem a caminho do hospital, tenho cisma. A última vez que isso ocorreu comigo, recebi, quando cheguei em casa, a notícia de que minha irmã tinha morrido atropelada no interior de Goiás.*

Mas já não havia morrido antes?

Quantas vezes terei de morrer, merda?

Tinha nove anos, Dolores (*ou seria Dinorah? Talvez Dagmar? Talvez Doris?*), onze (*sempre gostei de mulheres exatamente dois anos mais velha, não me pergunte por que tanta exatidão matemática, caro leitor, não tenho a menor idéia; foi assim com Ana; foi assim com Lia; foi assim com Ana 2 — só o diabo sabe por que tive duas mulheres chamadas Ana em minha vida —, prostituta que conheci na boca do lixo em São Paulo, levei para casa, dei roupa, dinheiro, comida e a chance de cair fora da profissão. Fracassei. Dois anos depois voltou ao local de origem, como os assassinos retornam ao local do crime. Uma vez puta, sempre puta*).

Vencedor do concurso, conquistei o direito de levar Dolores (*ou fosse lá que nome fosse*) à matinê dominical para assistir a um faroeste e a uma chanchada da Atlântida (*viva Zé Trindade!*), e ficar mais tempo nos esfregando nas meninas, descendo a calcinha delas até o joelho enquanto metíamos a língua na língua delas e os dedos gulosos naquele lugar, úmido e quente como a floresta amazônica (*você sabe qual, safíssimo leitor!*).

Não havia muito a fazer em insignificante cidade do interior da Bahia no início dos anos sessenta — e talvez isso ajude a explicar a minha sexualidade precoce. Não havia pontos de fuga, era ver filme domingo à tarde, ler revistas de caubói, empinar pipas, jogar gude e futebol, se masturbar vendo catecismos de Carlos Zéfiro (*viva Carlos Zéfiro!*) ou, narcisisticamente, contemplando a própria bunda no espelho, e namorar. Ou morrer de tédio — e cá pra nós naquele tempo não tínhamos a menor idéia do que isso significava.

Foi, portanto, graças às bombas cabeça-de-nego que iniciei minha vida sexual. Mas não posso deixar de homenagear, nesse momento de recordações tipo esta é minha vida, os meus tios Alexandre e Vânia, que me criaram depois da morte de meus pais e nunca reclamavam dessa minha disposição em praticar, digamos, esportes radicais e bolinar as vaginas das garotas do colégio no escurinho das matinês.

Tio Alexandre, maluco assumido, vivia praticando tiro ao alvo em ratos de rua e em tonéis de lixo estacionados nas esquinas, me dizia sempre:

— *Aproveite, curta a vida, não perca tempo, um dia você acorda, percebe que o pesadelo começou, e aí é tarde demais.*

Não entendia exatamente o que queria dizer. Depois acabei entendendo. Mas era tarde demais, já estava no olho do furacão.

Aos maricas (e, *na época, não entendia como meninos podiam gostar de meninos; talvez até hoje não entenda, apesar dos mestrados e doutorados que carrego/carregava nas costas*), aos maricas ou frutinhas, às meninas e aos garotos menores eram reservados fogos de artifício mais, digamos, lúdicos, tipo cobrinhas, chuvinhas e estrelinhas, aquelas coisinhas bem mimosas que os pederastas de meu tempo adoravam.

Matava os amigos de inveja enchendo, perigosamente, o guarda-roupa do quarto de quilos e mais quilos de fogos de artifício. Nunca aconteceu nada. Naquela época não existiam tragédias. (*Pelo menos até aquela noite; chamo-me/chamava-me, nada criativamente, admito, João Pedro. Nasci a 24 de junho de 1954, dia de São João, e fui batizado cinco dias depois, a 29 de junho, dia de São Pedro.*)

Sou, portanto, resultado do cruzamento de dois santos; não adiantou muito, quando a cobra fumou, nos momentos cruciais em que protagonizei os grandes dramas da minha vida, sempre orei por eles; nunca estavam em casa.

Em 1963, as tragédias, as grandes tragédias, só aconteciam a milhares de quilômetros de distância, não na nossa bucólica cidade, não na nossa bucólica rua, não no nosso bucólico jardim, não na nossa bucólica mesa de jantar.

O mundo era minha rua, no máximo a rua do colégio, a rua da casa de Rogério e Renan, meus melhores amigos, a rua do cinema. Então por que esquentar a cabeça se centenas de pessoas tinham morrido pisoteadas e carbonizadas no Circo Nerino em Niterói, Rio de Janeiro, e as fotos macabras do incêndio estavam estampadas com riquezas de detalhes na revista *O Cruzeiro*?

Niterói? Rio de Janeiro? Era tão distante quanto Marte e Vênus. Ou Nova York.

Os menores choramingavam nos cantos, morriam de inveja de nós, mais velhos, e se limitavam a lançar traques-de-bater no chão, e pisá-los. Ou arremessá-los nas costas das pessoas que passavam na rua. Dava pena vê-los, coitadinhos, explodindo aquelas coisinhas miúdas sem nenhum poder de fogo. Nós, superiores, exercitávamos o que víamos nos filmes de guerra e celebrávamos a nossa virilidade masculina em ascensão.

Para humilhar ainda mais os meninos menores, enchíamos

com espoletas os revólveres de brinquedo e protagonizávamos cenas de faroeste americano em pleno sertão. Rendíamos uns aos outros e berrávamos algo parecido com 'hands up', frase que mocinhos falavam para bandidos quando queriam mandá-los para o inferno.

Era (*atenção, esta é data básica na minha história pessoal*) 24 de junho de 1963.

Acordei com as galinhas. Seis da manhã, estava de pé. Na cozinha, empregadas de largas ancas (*algumas das quais já havia penetrado em noites de integração racial que me tornaram anti-racista radical*) faziam quitutes celestiais, canjica, mungunzá, milho assado, amendoim cozido, licor de jenipapo (*que tinham cheiros bem melhores do que os que sinto agora; não, a enfermeira não cheira mal, ao contrário, na verdade exagerou no desodorante e na lavanda no banho matinal. Sou eu mesmo, perdão, leitores, que começo a feder*).

A mulher dos peitos grandes que disse há pouco que eu havia morrido, dedicada (*acho que estou me apaixonando*), segura minha mão, ou o que restou dela. E reza. Faz mais do que deve. Não é paga para isso. Ponto para ela. Poderia ser a mãe dos meus próximos filhos, a minha mulher além-túmulo, tem peitos grandes, é loira, talvez exatamente dois anos a mais do que eu e cara de quem deve foder bem.

Navegando entre a lavanda da enfermeira que reza por mim e o cheiro acre que emana de meu cadáver, refugio-me nos aromas doces dos quindins juninos de minha infância. Volto a 1963, de onde nunca deveria ter saído. Nem eu nem ninguém.

Revejo minha tia Vânia fiscalizando tudo, preparando a mesa, dando orientações para as empregadas encerarem bem o chão (*aquele cheiro de cera vermelha que fazia brilhar os assoalhos da casa grande onde morava seria outro analgésico para minhas dores futuras; quando entrava num lugar e sentia aquele odor familiar, relaxava, voltava a ser feliz*), dizendo aos homens que traziam a lenha a maneira certa de armar a enorme fogueira, em redor da qual a maior farra da (*minha*) terra aconteceria horas depois, assim que o sol se pusesse.

Refugio-me (*preciso; o cheiro no interior da ambulância é cada vez mais insuportável, a ponto de a enfermeira que poderia ser a mãe de meus próximos filhos colocar lenço branco na altura do nariz, coitada!*) nas músicas de Luiz Gonzaga, nos baiões de duplo sentido tocados na radiola da sala (*a noite chegara*), na calça azul, na camisa quadriculada, no chapéu de palha e na barba pintada a carvão que me transformava num caipira, num sertanejo, numa criança feliz, na alegria de tia Vânia e de tio Alexandre e dos amigos, todos fantasiados como se fossem os primos caboclos de John Wayne, vestidos a caráter, heróis e caubóis do sertão.

Relembro (*só agora percebo, e essa porra de necrotério que nunca chega? Jamais voltarei a ser visto pelos meus filhos e tenho vontade de chorar*) os cálices de licor de jenipapo roubados da cozinha, bebidos com volúpia e sofreguidão, e do leve torpor que a isso se seguia.

Jamais voltei a me sentir tão completamente bêbado (*por mais hectolitros de vodca, uísque e cerveja que tenha tomado na vida adulta*) posteriormente, ficava inteiramente em estado de graça, mergulhava em outra dimensão. Via-me no céu, cercado de anjos, serafins e mil e uma Dolores (*ou seria Doris? Ou seria Dagmar?*) beijando-me na boca enquanto Randolph Scott exterminava peles-vermelhas e a garotada gritava, berrava a plenos pulmões, eu inclusive.

O céu se enchia de estrelas (*algumas eram balões multicoloridos*), a terra ainda era azul, e eu olhava para o alto e via luzes, muitas luzes, caleidoscópicas, explodindo. Os muitos fogos de artifício que tio Alexandre conseguira me dar (*tive infância rica e nunca me culpei por isso; culparam-me*) compunham frenético arco-íris.

De repente, às 21:25h, algo caiu sobre minha testa, mais exatamente sobre meu olho esquerdo (*ou seria o direito?*). Era o rabo de um foguete que o céu devolvia. Desmaiei. Quando acordei no dia seguinte, a festa tinha acabado (*para sempre*). Tia Vânia e Tio Alexandre estavam do meu lado e meu irmão mais velho me abraçava e me dizia:

— *Você vai sobreviver, vencer a guerra e ser um grande sujeito!*

Posso ter me tornado um grande sujeito, mas a partir de então metade do mundo acabou para mim. Fiquei cego de um olho e passei a ver a vida (*e isto foi gravíssimo, caro leitor*) apenas sob um único ponto de vista.

Ganhei olho de vidro e providenciei cara de mau (*precisava sobreviver*).

(*O carro parou, devemos, finalmente, ter chegado ao necrotério.*)

Capítulo III — O último sinal

O relógio de cabeceira disparou às 7:00h. Tive vontade de arremessá-lo contra a parede, de assassiná-lo friamente a golpes de martelo, de atirá-lo do décimo andar.

Merda das merdas, lembrei, ainda era terça-feira, não havia possibilidades de trégua nas noventa e seis horas seguintes, sábado era apenas miragem distante.

Bom cidadão, bom profisional, bom pai, bom amante de puta, bom filho da puta, bom covarde submetido aos rigores da civilização e dos bons costumes, bom tudo, contive-me. Obedeci ao comando de ligar, liguei-me.

Em menos de vinte minutos, rápido no gatilho, havia realizado todos os procedimentos padrão do despertar matinal do homem contemporâneo: passar fio dental; escovar dentes; expelir dejetos; tomar banho; secar-se minuciosamente; limpar ouvidos com cotonete e, depois, água; pentear-se; olhar-se no espelho (e, como sempre, me assustar com a cicatriz na testa, o olho de vidro e a cara de mau); calçar meia; vestir cueca samba-canção, camisa social, calça e, em último lugar, o sapato.

Sempre nessa ordem, nunca a modificava.

É possível, penso agora, que naquele dia tenha calçado o sapato antes de colocar a gravata, o que talvez, esta aparentemente imperceptível mudança de rotina, tenha provocado a desgraça que viria a seguir. Como se pequeno tijolo fosse retirado e toda a gigantesca construção ao redor desmoronasse.

A vida talvez seja gigantesca construção, sempre em processo, que, ao tirarmos um tijolo do lugar, tudo desmorona.

Exatamente às 7:25h sentei-me à mesa, servida por uma Ana 2 ainda dócil e gentil. Nos meses seguintes a besta-fera que a habitava silenciosamente dominou-lhe o corpo e a alma, e a fez trocar os corredores dos hospitais onde vivi nos meses seguintes pelas calçadas da Amaral Gurgel, na região central de São Paulo. Uma vez puta, sempre puta.

Comi mamão papaia, tomei café com croissant e bolo de laranja, bebi suco de cenoura. Os desjejuns de hoje em dia são todos iguais, parecem comida de hotel, parecem comida de bordo de aviões, parecem comida de desenho animado, parecem que são produzidos a partir de petróleo e isopor. Onde estariam a banana frita, o cuscuz de milho, o ovo frito com gema mole, a batata-doce cozida de tempos idos? O gato comeu.

Li os primeiros cadernos dos jornais e saí de casa com a, falsa, impressão de que estava sabendo tudo o que acontecia de fato no mundo; na verdade, nunca saberia. Na verdade, nunca ninguém saberá. Enquanto isso Ana 2 tentava decifrar notícias das páginas de variedades, de leitura mais *maneira*, dizia, em dialeto pessoal às vezes incompreensível. Alguns colegas da universidade não entendiam, em crise de moralismo galopante mais compreensível em monjas beneditinas, como podia ter me casado com prostituta. Sempre ignorei os conselhos desses canalhas da erudição acadêmica, o que importava mesmo era: Ana 2 fodia magistralmente. O resto, ora, o resto que se fodesse, que fosse pros quintos dos infernos.

O horóscopo — lê-lo diariamente era tarefa que Ana 2 se autodelegou e que cumpria, com rigor de bedel de colégio administrado por padres alemães —, entre outras generalizações sem pé nem cabeça, dizia: dia propício para praticar boas ações e amar ao próximo. Como astrologia e filantropia me interessavam tanto quanto a economia de Guiné-Bissau ou o ranking do campeonato mundial de levantamento de peso, dei de ombros e parti.

Missão patriótica: cumprir cota de dedicação pessoal à cruzada contra a ignorância e a miséria cultural que se alastram entre a juventude do país e de além-mar. Dar aulas na universidade. Seguir com fé, muita fé (*repetia tais palavras como mantra ao tirar o carro da garagem e mergulhar no caos urbano*), assumir o carma de suportar jovens imbecis mais interessados em comer a colega próxima e cobiçar o carro novo do próximo do que em mergulhar nos meandros da mente de gente como Jean-Paul Sartre, Thomas Mann, William S. Burroughs, Hilda Hilst e, por que não?, eu.

A vontade era continuar embaixo dos lençóis, fumar baseado enviado por amigo baiano e, no máximo, enrijecer o pênis e enfiar na vagina macia de Ana 2. Melhor ainda: trazê-la para sentar sobre meu caralho e ali, devidamente instalada, levá-la a fazer aqueles movimentos de sobe-e-desce que Ana 2, mestrada e doutorada no assunto, me levava à loucura e me fazia gozar, invariavelmente, em menos de cinco minutos. Mas precisava pagar as contas (*agora não mais; este é o lado bom de morrer. E qual seria o lado ruim? Até agora não descobri*), pagar a pensão de Tiago e Júlia, o financiamento da última viagem a Nova York, a prestação do carro, aquelas coisas que impedem, ou tentam impedir, a gente de mandar tudo à merda e ir coçar os testículos em alguma ilha perdida do Pacífico Sul.

Enfrentei o trânsito pesado de sempre com o fervor cívico de quem vai defender a pátria vilipendiada no outro lado do mundo, tentando manter a pose de homem civilizado que evita seguir os impulsos homicidas que lhe varrem a alma, a vontade quase irresistível de sacar o revólver do coldre e disparar tiros na cara do sujeito que buzina atrás de você, mesmo sabendo que buzinar atrás de você não adianta merda nenhuma. Estava tudo parado, a velocidade média era de dez, vinte quilômetros por hora, o calor fazia crer que o deserto do Saara ficava logo depois da próxima esquina. Não restava outra coisa a não ser pensar bobagens, tirar meleca do nariz, embora correndo o risco de enfrentar a cara de nojo do motorista ao lado, e apertar o botão do foda-se.

Fiz tudo ao mesmo tempo:

a) pensei bobagens (*os políticos brasileiros finalmente resolveriam os problemas do país; via de regra, expressão que eventualmente flagro em trabalhos escolares, era vagina; dois apresentadores de tevê que odeio, ambos com idades superiores a cinqüenta anos e galgados à condição de paladinos da moralidade pública nacional, flagrados fazendo sexo oral num hotelzinho barato do Largo do Arouche, virariam manchete de jornal popular que nunca se espreme porque pode derramar*);

b) tirei torpedos do nariz, transformados em pequenas bolotas atiradas no asfalto, e, claro, enfrentei o olhar de nojo de senhora elegante que dividia o volante de Audi vermelho com cachorrinha de estimação, que também me olhou com cara de asco;

c) apertei o botão do foda-se.

Funcionou. De nariz absolutamente limpo, livre de todas as bobagens que poderia pensar em duas horas de engarrafamento entre Higienópolis, Pinheiros e Butantã, com o botão do foda-se novamente desligado, enfrentei, com algum garbo e algum esplendor, dez gatos pingados que compareceram à aula das nove e meia. Chamava-os de os sobreviventes. E, de fato, eram.

De turma formada por quase quarenta alunos, só dez compareceram, cinco dos quais privavam de certa intimidade comigo e se tornaram inesquecíveis; por isso faço questão de listá-los agora (*os omitidos que me perdoem, nada pessoal; merda, o cheiro de éter, ou seria clorofórmio a substância utilizada para embalsamar corpos?, desse lugar está me embrulhando o estômago, ou o que sobrou dele*):

1) Josefa era balzaquiana solitária e burra, mas esforçada; lia dez vezes um parágrafo de *Memórias póstumas de Brás Cubas* para, afinal, decifrá-lo e exclamar, abarrotada de um entusiasmo quase juvenil: "Este homem escreve como Deus"; certa vez escreveu texto sobre Capitu — "Ela traiu Bentinho, sim, eu

também o faria" —, cheia de ingênua e sincera raiva feminista, e isso me comoveu.

2) Sandra tinha jeito de mulata inzoneira. Inicialmente imaginei não haver vida inteligente dentro daquele corpo de cabrocha amadiana, mas enganei-me, admito. Entusiasta defensora dos dotes literários de Clarice Lispector, orgulhava-se de ter lido *A paixão segundo G.H.* exatas vinte e sete vezes. Em dias de absoluta falta de assunto ou de paciência para descobrir temas novos para discussão, simplesmente pedia que recitasse trecho do livro. Sentava-me e ouvia: "O inferno é a boca que morde e come a carne viva que tem sangue, e quem é comido uiva com o regozijo no olho; o inferno é a dor como gozo da matéria, e com o riso do gozo, as lágrimas escorrem de dor." Ouvindo textos de tamanha inspiração e grandeza poética, ganhava o dia e, às vezes, conquistava também a possibilidade de fodê-la, o que fiz exatas cinco vezes, todas inesquecíveis, sempre em hotelzinho barato da avenida São João com vista panorâmica para o Minhocão. Amiga pessoal da escritora paulistana Márcia Denser, a quem chamava de uma das grandes injustiças literárias do país, sumida de todas as mídias, exilada, no limbo, enquanto mediocridades bem vendidas ganham as páginas dos jornais.

3) Simone, com rosto pálido e ar etéreo, tinha talvez dezoito anos. Parecia sempre à beira de acesso de tosse galopante que a faria escarrar sangue na cena seguinte tal e qual frágil heroína romântica. Prova evidente de que as aparências enganam, era dona de saúde de ferro, viciada em junkie food e, no

meio da aula, podia ser flagrada mastigando big burguer turbinado que guardava na bolsa de lona cáqui. Apaixonada por Lautréamont, contava, com evidente exagero e certa afetação, que em nada diminuíam o meu carinho por ela, que a mãe, ex-hippie e então professora de dança do ventre, a ensinara ler em cartilha pouco ortodoxa: *Cantos de Maldoror*.

4) Dagoberto, que eu chamava de pequeno notável: tinha pouco mais de metro e meio de altura e sensibilidade poética de gigante, capaz de sensibilizar-me com poemas que me faziam esquecer a má-vontade que sempre tive com a poesia, que, nunca escondi de ninguém, sempre achei forma de arte absolutamente dispensável. Costumava, num boteco sujo de Pinheiros, ouvir, extasiado, os versos que produzia. Não sei se por excesso de álcool no sangue ou se realmente pelo fato de naquele corpo mirrado se esconder um Quintana, o único poeta que venero incondicionalmente, chorava a cântaros e beijava-lhe as mãos e os cadernos surrados em que escrevia seus brilhantes devaneios poéticos.

5) Edson Luiz, apaixonado por mim, vivia mergulhado em águas profundas, maconha, anfetaminas, vinho vagabundo e *Admirável mundo novo*, de Aldous Huxley. Escreveu-me versos sinceros mas vagabundos, revelando desejo, paixão, carinho, admiração e ausência paterna profunda. Inteligentíssimo, era divertido, quase emocionante, ouvi-lo falar para platéia quase vazia sobre a importância da obra musical de Renato Russo na cultura brasileira do século vinte. Era (*é, provavelmente continua vivo, embore duvide muito; os bons morrem cedo*) brilhante, cativan-

te, tinha bunda gostosa e voz macia, mas nunca me fez capitular à pederastia; não me arrependi, e orgulho-me disso.

    Resignei-me às pequenas platéias. Tinha turma fixa, fiel, o quinteto de João P., como os colegas e demais alunos chamavam o grupo, e isso me bastava. Sabia: os bons estavam comigo. Minhas aulas eram uísque caubói, tomava quem quisesse tomá-las, quem tivesse estômago e caráter fortes. Recusava-me a colocar gelo ou, heresia das heresias, água de coco ou guaraná, como alguns barmen/professores faziam. No início do curso indicava alguns livros básicos (*Machado, Mann, Graciliano, Balzac, Céline, caras assim*) e durante as aulas monologava sobre a obra deles, a vida deles, como vida e obra se fundiam na literatura magistral que produziram. (*Morri frustrado, gostaria de ter escrito grande romance.*) Era como se falasse com portas, com estátuas de sal. Vez em quando o ronco de alguém no fundo da sala rompia o silêncio.

    Fazia isso havia seis anos e, não sabia, a gente nunca sabe o que vai acontecer no minuto seguinte, no segundo seguinte: era a minha última aula. Depois do acidente, não quis mais saber da vida acadêmica, de ensinar. Ensinar o quê, se não sabia nada, era apenas partícula de pó na vastidão mérdica do cosmos? Mudei-me para Brasília, isolei-me, afastei-me de tudo, só via o mundo pela janela da tevê, me esqueci da existência de Josefa, Sandra, Simone, Dagoberto, Edson Luiz, Ana 2 (*que se virassem..., afinal esses filhos da puta já eram todos bem grandinhos*), passei a escrever artigos e publicar em jornais — parecia menos patético.

    Às 12:45h consegui me livrar de Edson Luiz, que lia poema

novo que fizera para mim e que gritava, glauberianamente, pelos corredores da faculdade, revelando que drogas dos mais variados calibres circulavam por suas veias e artérias. Suportá-lo em momentos assim era impossível. Precisava estabelecer limites. Dizia:

— *Vá à merda, Edson Luiz, pare de me encher o saco, Edson Luiz...*
Parecia que ia chorar, mas resistia, sobrevivia, ia em frente.

Foi o que fiz naquele início de tarde, mandei-o à merda, pedi que parasse de me encher o saco.

Parecia que ia chorar, mas Edson Luiz resistiu, sobreviveu, foi em frente. Eu também.

Liguei o carro e parti.

A avenida Rebouças à uma e meia da tarde é pior do que este lugar em que estou agora, cheirando a clorofórmio, a éter (*como se chama mesmo essa coisa fedorenta que passam nos cadáveres para embalsamá-los?*), a necrotério, a cu de mundo.

Estou lá.

Estou aqui.

Não sozinho, nem quando morremos conseguimos ficar sós. Além de outros cadáveres (*talvez o motorista obeso que morreu ao meu lado esteja entre eles*), homens e mulheres de branco circulam pelo amplo salão. Foram eles que me maquiaram, que me deram banho com algo com cheiro de éter, que me deram injeções de uma substância com cheiro de éter, que me tiraram os restos de roupa que, impregnadas na pele, ainda teimavam em me vestir.

Agora estou completamente nu, coberto por lençol branco, subindo a avenida Rebouças, indo almoçar na avenida Paulista. Inferno dos infernos. Não sei o que é pior, se o cheiro de éter ou o cheiro de óleo queimado, de poluição, de caos, de cu de mundo.

Assustei-me. Na esquina da Rebouças com a Fradique Coutinho, garoto enfiou a mão pela janela do carro, havia esquecido de fechá-la, merda, e berrou:

— *Vai levar tio? Leva pra me ajudar.*

E vi mão magra, ossuda, negra, duas ou três perebas na altura do pulso, segurando caixinha cheia de chocolates.

O menino insistiu:

— *Vai adoçar sua vida, tio. Leva!*

A merda do sinal não abria. E se abrisse, não adiantaria nada. De onde tinha saído tanto automóvel? De onde tinha saído tanto vendedor de rua? E ainda era terça-feira, o sábado ainda era miragem distante.

O menino insistia, enfiava a cara pela janela, implorava:

— *Leva, tio, um real cada. Minha mãe tá doente, meu pai morreu. Se o senhor não levar, vou morrer de fome. Leva, tio!*

Ainda bem que não tinha metralhadora a bordo, se tivesse matava o filho da puta. Em vez de matá-lo (*faria isso na próxima vez, jurei*), puxei cinco reais da carteira, enchi a mão de chocolate, que felicidade!, o garoto correu em busca de outra vítima no carro ao lado, mordi com raiva a iguaria recém-comprada, mole, derretida pelo sol, o sinal abriu, que felicidade!, acelerei.

Cem metros depois, parei de novo e outro braço invadiu o carro, depois um rosto cheio de dentes. Gritou:

— *Leva, tio, um real cada. Leva o colar, sua namorada vai adorar, tio, leva...*

Alguém puxa o lençol branco e vejo Lia e Ana em prantos. Ainda bem que Ana 2 também não está aqui, deve estar fodendo, aquela puta!, num hotel barato da Rego Freitas. Minhas ex-mulheres estão velhas, murchas, disformes. Eu comi essas mulheres? Eu comi essas mulheres? Talvez estejam pensando, e por isso choram: eu fodi com esse lixo? Eu amei esse lixo?

Os funcionários do necrotério puxam inteiramente o lençol (*e Lia e Ana choram ainda mais alto*) para facilitar o meu reconhecimento. Garotos filhos da puta, se não tivessem carregado a bolsa com meus documentos, esta cena patética não estaria acontecendo. Ouço Lia falar, encarando as minhas não-pernas:

— *É ele, sim, havia perdido as pernas num acidente em São Paulo...*

Ana questiona, como sempre com argumentos aparentemente irrefutáveis:

— *E daí? Você sabe quantas pessoas por dia perdem pernas em acidentes de trânsito, domésticos e quetais? Dezenas de milhares. Pode não ser ele. Afinal o rosto dele está absolutamente irreconhecível. Ok, João P. desapareceu, não chegou ao aeroporto, não chegou ao Rio de Janeiro, por isso pegamos o avião e viemos até aqui, mas nada assegura que isto aí é o meu marido.*

(*O 'isto aí' doeu. Penso em gritar. Grito, mas não me ouvem: Sou ex-marido, cachorra, ex, ia me separar de você, só me faltava coragem!*)

Um funcionário pondera:

— Se as senhoras não chegarem a uma conclusão, vamos ter de examinar a arcada dentária.

(*Porra, merda, caralho: exame de arcada dentária, não, me deixem morrer em paz! Eu sou João P., porra! Repito: exame de arcada dentária, não, me deixem morrer em paz! Eu sou João P., porra! Ninguém me ouve. Merda!*)

O rosto magro insistiu, enfiando com vigor a mão pela janela do carro:

— Leva, tio, sua namorada vai adorar, um real, leva!

Puxei mais cinco reais da carteira, o garoto arrebatou o dinheiro de minha mão, jogou cinco feios colares no banco do carro e partiu em busca da próxima vítima. Nem tudo era tragédia: o sinal abriu de novo. Pensei: Ana 2 poderá gostar de usar estes colares que acabava de comprar. Por que não? Esqueci a alta taxa de glicose no sangue e devorei, em questão de segundos, todas as moles e derretidas barras de chocolate que havia comprado do vendedor anterior. Precisava de açúcar, precisava de açúcar, precisava adoçar minha vida, precisava adoçar minha vida...

O trânsito desafogou um pouco, consegui respirar, a avenida Paulista já não parecia tão longe... Mais dez minutos, delirei, chegaria lá, almoçaria, relaxaria um pouco, compraria alguns livros e voltaria para casa, aproveitaria o dia em que tinha apenas uma aula e nenhuma tradução chata para fazer.

Vexame dos vexames, Lia e Ana mexem nas minhas carnes (*ou no que sobrou delas*), tentam encontrar sinais particulares, marcas pessoais.

O funcionário do necrotério, entediado, avisa:

— *Vou sair para lanchar. Caso as senhoras cheguem a alguma conclusão, me falem quando voltar.*

Não mereço isso, que fiz para merecer isso? Agora Lia e Ana mexem no meu pênis, como se examinassem ostra em busca de pérola rara.

Lia diz:

— *Curioso, o pênis foi uma das poucas coisas que ficaram intactas...*

Ana confirma:

— *Verdade. Vamos então nos concentrar aí.*

Ouço a boa notícia, torço para que tenham ótima memória. Principalmente Lia, que me abandonou batendo a porta e gritando, mentirosamente: você tem pau pequeno, você tem pau pequeno...! A cachorra falou isso apenas para me humilhar, sabia muito bem, espero sinceramente que saiba, sabia muito bem que meu pênis mede, e sempre mediu, desde os quatorze anos, 18 centímetros quando mole e tem leve desvio para a esquerda. Ou seria para a direita?

Agora só me resta aguardar a opinião delas e rezar (*para quem? para quem?*).

Sobrevivi ao trânsito da avenida Rebouças, depois de enfrentar legião de vendedores ambulantes, gastar vinte reais e me encher de porcarias diversas, e estacionei o carro perto do restaurante (*quase milagre*) onde almoçava pelo menos duas vezes por semana.

Às 14:30h, sentei em mesa confortável, pedi coca light com limão e gelo, salmão ao molho de manjericão e concluí: preciso ir embora desta cidade o quanto antes, antes que enlouqueça, antes que comece a rasgar dinheiro e a comer merda.

Depois de detalhada avaliação, Lia e Ana chegam a denominador comum (*ave Lia! ave Ana!*).

Ana conclui:

— *É o pênis de João P. Não tenho dúvida nenhuma. Além do desvio para a esquerda, tem a mesma dimensão e o mesmo volume do pênis do meu marido.*

(*Ex-marido, porra!, ia me separar de você na primeira oportunidade, quantas vezes vou precisar repetir isso?!*)

Lia confirma, com ar de superioridade:

— *Concordo com você por causa dos motivos citados e mais um: talvez não tenha percebido, mas João P. tinha tatuagem com meu nome na virilha e aí está ela inteirinha, perfeita. Olhe lá, querida, e veja: está escrito: Lia e eu; eu e Lia.*

Touché! Até eu havia esquecido essa tatuagem idiota feita logo depois de nos casarmos, em férias que passamos em algum lugar da putaqueopariu e quando ainda tínhamos algum gás para foder duas, três, quatro vezes ao dia. Hoje não a comeria nem que fosse a última mulher numa ilha deserta. Deve pensar o mesmo a meu respeito.

O funcionário, com palito entre dentes, volta e pergunta:

— *Chegaram a alguma conclusão, senhoras, ou vou ter de mandar o corpo para o prédio ao lado para fazer exame nas arcadas dentárias?*

Ana, com convicção:

— *É meu marido, sim!*

Lia, com convicção:

— *É meu ex-marido, sim!*

O funcionário com palito entre dentes e hálito de cebola, arroz, feijão e bife (*percebo-o quando se aproxima para puxar novamente o lençol*) demonstra satisfação:

— *Missão cumprida, senhoras! Agora o corpo é de vocês. É só vesti-lo, embalá-lo e, a propósito, onde vai ser enterrado?*

(*Salvador, por favor, quero ser enterrado em Salvador! No Rio de Janeiro não, em São Paulo também não! E, por favor, não se esqueçam de pegar os potes com as cinzas de meus membros inferiores que estão no meu apartamento na Asa Norte e colocá-los ao meu lado no caixão. Por favor!*)

Lia, autoritária:

— *Rio de Janeiro...*

Ana, autoritária:

— *Salvador...*

Lia, decidida:

— *Rio de Janeiro...*

Ana, decidida:

— *Salvador...*

O funcionário com palito entre dentes, hálito de cebola, arroz, feijão e bife e cabelos negros como a asa da graúna (*que não combinam em nada com o rosto quase cinqüentão*) interfere:

— *Tenho uma idéia. Por que não tiram par ou ímpar? Quem ganhar decide...*

Não acredito no que ouço. O lugar onde vou ser enterrado decidido no par-ou-ímpar por estas duas bruxas? Que fiz para merecer isso? Não, elas não vão topar, não são loucas o suficiente para tamanha bobagem. Merda: são.

Lia, com convicção:

— *Ok. Par ou ímpar?*

Ana, com convicção:

— *Ok. Par ou ímpar?*

Lia:

— *Par...*

Ana:

— *Ímpar...*

(*Quero matar as duas cachorras, quero escalpelá-las e exibir o escalpo em praça pública. Tento me mexer, preciso me mexer, emitir algum sinal.*

E se Lia vencer e eu tiver de ser enterrado no Rio de Janeiro? Não, não, não. Ninguém me ouve.)

O funcionário com palito entre dentes, hálito de cebola, arroz, feijão e bife e cabelos negros como a asa da graúna (*que não combinam em nada com o rosto quase cinqüentão*) e barriga de Sancho Pança serve de juiz:

— Estão prontas, senhoras?

(*Respondem que sim. Concentram-se, punhos cerrados e mãos para trás. Ao ouvir a voz do funcionário gritando jaaaaá puxam com rapidez os braços para a frente e abrem as mãos. Daqui posso ver: Lia tem dois palitos de fósforo. Ana, cinco. Dois mais cinco são sete, ímpar. Vou ser enterrado em Salvador, oba!, nem tudo está perdido!*)

Ana, vitoriosa:

— Decidido, João P. vai ser enterrado em Salvador. E estamos conversadas!

Lia, derrotada:

— Ok.

O funcionário com palito entre dentes, hálito de cebola, arroz, feijão e bife e cabelos negros como a asa da graúna (*que não combinam em nada com o rosto quase cinqüentão*), barriga de Sancho Pança e unhas pintadas com esmalte incolor avisa:

— *Por favor, minhas senhoras. Precisamos vestir o morto com certa urgência e também lacrá-lo no caixão. Espero que as senhoras voltem logo com as roupas e a urna mortuária...*

Lia e Ana, agora menos desgrenhadas, a ponto de conseguir ainda enxergar alguns fiapos de beleza no rosto de ambas, saem da sala, afirmam que voltam logo e, por alguns minutos, talvez horas, possa descansar em paz.

O funcionário com palito entre dentes, hálito de cebola, arroz, feijão e bife e cabelos negros como a asa da graúna (*que não combinam em nada com o rosto quase cinqüentão*), barriga de Sancho Pança, unhas pintadas com esmalte incolor e enorme anel com pedra verde no dedo indicador da mão direita (*ou seria esquerda?*) também sai de cena.

Posso então voltar a comer em paz o salmão com molho de manjericão e olhar a bunda das moças que falam de negócios com homens de paletó e gravata e fingir que tudo vai bem quando acaba bem, um homem bem alimentado é um homem feliz e recuei: não precisava ir embora desta cidade o quanto antes, antes que enlouquecesse, antes que começasse a rasgar dinheiro e a comer merda. Não iria embora. Não enlouqueceria. Não começaria a rasgar dinheiro. Não comeria merda. Mas, não pude evitar, nem a fome saciada escondia tal evidência, senti frio no estômago quando constatei: ainda era terça-feira, sábado era ainda miragem distante.

Estacionar o rabo alguns minutos e comer naquele lugar da esquina da Paulista com a Consolação era quase bênção, oásis no meio do inferno. Havia gente bonita e aparentemente sadia ao redor. Pareciam todos muito vivos, cheios de planos. Ou seriam ótimos atores fingindo satisfação e felicidade impossíveis nas gentes que moram em metrópoles desse porte? As fatias de pão ciabata quente com manteiga servidas como entrada eram celestiais. A possibilidade de um flerte era sempre provável. Uma certa tarde a sobremesa havia sido garota com jeito de aeromoça, olhos dissimulados de Capitu e coxas macias que acabei abatendo ali mesmo, num dos banheiros do restaurante. Enfim, era bom lugar para refazer energias, adiar planos suicidas e enlouquecidas, usufruir a hora do recreio, recuperar forças.

Precisávamos disso: não havia como não mergulhar em seguida, de novo, na vida real que fervia (*embora chovesse*) lá fora.

Farto, satisfeito e leve (*teria sido o manjericão? o pão ciabata? algo que comia naquele lugar me reenergizava, me fazia adiar a fuga de São Paulo*), exatamente às 16:05h, religuei o botão do foda-se e resolvi andar, esquecer um pouco o carro, andar a pé até o Paraíso, no final da avenida Paulista. Por que não?

Pensei em ligar para casa mas não estava exatamente disposto a ouvir a voz de Ana 2, comentando os programas vespertinos da tevê que via todos ao mesmo tempo, utilizando o controle remoto como se fosse metralhadora giratória capaz de matar dez, vinte pessoas ao mesmo tempo.

Poderia voltar para casa, encher a cara de uísque, foder até cansar com Ana 2, que utilizava a vagina como se fosse metralhadora giratória capaz de matar dez, vinte pessoas ao mesmo tempo.

Unir-me a Ana 2 fora decisão pensada. Estava (*e estou*) cansado de mulheres emancipadas, bem informadas, que colocam o cérebro à frente da vagina, que se dizem capazes de decifrar todos os enigmas masculinos, que interrompem sessão de sexo anal para discutir, acaloradamente, a presença feminina no último filme de Pedro Almodóvar. Ou simplesmente, para discutir a relação (*desgastada era, invariavelmente, o adjetivo que vinha em anexo*).

Todas as vezes que ouvia a frase estou me sentindo usada, estou me sentindo usada, nossa relação está desgastada, tinha vontade de vomitar.

Ana 1 e Lia eram desse time, nunca fodiam por foder, sempre viam no ato sexual algo mais transcendente, mais cósmico. Certamente por causa disso, desse excessivo pendor para a verbalização e para o papo-furado, não foram as melhores fodedoras que conheci na vida.

Ana 2 não era assim. Para ela, Almodóvar poderia ser marca de perfume ou nome de remédio para calvície, nunca se dispôs a decifrar enigma nenhum. Tinha cérebro suficiente apenas para pensar, mal e porcamente, na cor da roupa ou do esmalte que ia usar para sair no sábado à noite para dançar, sempre dormia quando a levava ao cinema. Eternamente em dúvida, me perguntava antes de sair: visto o vermelho ou o azul? Ponho o sapato marrom ou o preto?

Em determinado momento de minha vida, tudo que queria era mulher que não pensasse, que não se dispusesse a buscar consolidar parceria afetiva e sexual (*e corria para vomitar outra vez quando me faziam tal proposta*). Nunca quis sócia para abrir loja de tecidos ou fundar seita que discutisse o sentido da vida, porra! Sempre procurei apenas alguém que fodesse bem.

Mulher boa para mim era a mulher que fodia bem, ponto. Poderia, talvez (e ouvi a sugestão da boca de, pelo menos, duas quase 'parceiras'), comprar boneca inflável: não, não seria a mesma coisa. Bonecas infláveis jamais dizem para seus amantes me fode mais, me fode mais, ninguém nunca fodeu comigo assim. Ana 2 dizia sempre. Poderia estar mentindo, fingindo, afinal estava sendo bem paga para isso; saiu da lama de hotel cheio de pulgas nas proximidades da Estação da Luz para o conforto discreto de dois-quartos em Higienópolis, mas a mentira dita com a entonação adequada é sempre melhor que a mais dura das verdades.

Na esquina da Paulista com a Peixoto Gomide, mulher morena vestindo tailleur azul-marinho interrompeu minhas elucubrações de cunho machista e me cumprimentou efusivamente (— *Ligue pra mim, ligue pra mim, repetia, enquanto corria para pegar táxi*). Não tinha a menor idéia de quem se tratava.

A chuva aumentou. Apertei o passo e pensei: talvez fosse melhor voltar para casa. Mas algo me empurrava, sentia necessidade imperiosa de andar desesperadamente e, naquele momento, não sabia exatamente o motivo daquela compulsão.

Só depois, no hospital, percebi: era como se alguém, talvez Deus, me puxasse e me dissesse:

— *Aproveita João P., anda tudo o que tem de andar agora, são os últimos momentos de vida de suas pernas! Aproveita!*

Obedeci àquela compulsão, àquela necessidade imperiosa de andar, fui em frente. Parei num boteco próximo à alameda Campinas, tomei dois conhaques e três chopes e me aproximei de uma mulher, que julguei ser Márcia Denser, tomando uísque caubói. Não era, infelizmente. Tratava-se apenas de loira aguada que, ao ser abordada, emitiu evidentes sinais de repulsa à minha pessoa. Talvez fosse lésbica radical (*e arranjar briga com lésbica radical é fria*), pensei com meus botões. Parti, mais leve e solto. Nada que conhaque e chope não possam resolver, em se tratando de bloqueios, timidezes, vontade de sumir.

A chuva foi e a noite veio. No final da Paulista, exatamente às 18:10h, esperei o sinal abrir e mudei de calçada. No meio da avenida, pensei em congelar a cena, exatamente naquele instante, nem um minuto a mais, nem um minuto a menos, juntar aquelas cerca de cem pessoas que se cruzavam, que se batiam umas com as outras, que sentiam o hálito umas das outras e, provavelmente, não se veriam nunca mais. Ou seja, aquele era momento único, espetáculo irrepetível, como milhões de outros que aconteciam mundo afora exatamente naquele momento.

Tive vontade de ser Deus e mandar parar. Juntar aquele batalhão de desconhecidos em lugar deserto, talvez em praia do sul da Bahia, e fazê-los aproximar-se uns dos outros. Uma adolescente sardenta e ruiva (*talvez bonita, não dera tempo de perceber*) passou tão próxima a mim que percebo, pelo cheiro (*sou bom nisso*): estava menstruada. Passou célere, olhos fixos no vazio, nem olhou para mim, nem me viu, não iria vê-la nunca mais, não teria nenhuma chance de saber quem era, de conversar com ela sobre a vida e sobre a morte, de seduzi-la.

Um homem se chocou comigo em seguida, pediu desculpas

(*pensei imediatamente: por que diabos batia-me com aquele homem exatamente naquela hora e não um minuto atrás ou dali a alguns segundos? Quem traçaria essas trilhas que a gente segue rigidamente, sem saber que as está seguindo? De onde teria vindo aquele homem? Para onde iria?*)
Nunca obtive respostas para esse tipo de perguntas.
Conheci Ana 2 assim, questão de segundos, carro ia na minha frente tendo a bordo motorista caçando mulheres na avenida República do Líbano e, surpresa, furou o pneu quando ia abordá-la; ia logo atrás, avistei-a, gostei do que vi, parei para conversar, saí, fodi com ela, acabou morando comigo.
Ana 2 costumava brincar:
— *Não fosse aquele pneu furado, você nunca saberia como fodo bem!*
Sentia frio e minha camisa estava molhada de chuva. O efeito do conhaque havia passado e estacionei em balcão de bar para tomar outro. Acabei bebendo três, o calor voltou, a necessidade imperiosa de andar também. Um homem gordo com sotaque nordestino tentou puxar conversa, talvez quisesse vender drogas, não quis saber, murmurei monossílabos, falei boa noite e segui.
Andaria até o inferno naquela noite (*e, perceberia depois, acabei chegando lá, exatamente naquela noite*) e enfrentei a chuva fina (*havia voltado a chover*) sem titubear. Pensei novamente em ligar para Ana 2 (*talvez gostasse dela, acho que gostava dela*) mas olhei para o relógio (*19:20h*) e a imaginei absorvida, assistindo, comovida, a um capítulo da novela mexicana em cartaz — preferia-as; achava as brasileiras pouco emocionantes. Repetia sempre:
— *Novela tem de me fazer chorar, senão não gosto...*

Desisti de ligar. Continuei caminhando.

Em frente ao Parque Trianon parei em banca, folheei algumas revistas e flagrei-me de pau duro, e emocionado, quando bati os olhos na capa de revista masculina: era Suzana (*ou seria Glória? Não, era Suzana mesmo, a chamada de capa — Suzana Vargas revela todas as curvas da estrada de Santos, que horror! — confirma*). Eu a namorei em tempos idos, tinha ilusões de mudar os homens, se sentia usada, vivia querendo conversar sobre a nossa relação desgastada. Devia ter mudado de tática, caído na real, pensei, descoberto que viver bem é apenas foder bem.

Comprei exemplar (*queria ver em que situação estavam aqueles grandes lábios que beijei*). Caminhei um pouco mais e parei para tomar café quente e devorar risole no balcãozinho central do Conjunto Nacional. Enquanto comia, folheei a revista recém-comprada e revi o corpo sólido e moreno de Suzana. Estava mais magra, os seios maiores e mais firmes, o cabelo havia mudado de cor, mas os tufos de pentelhos que eu amava e me enlouqueciam estavam lá, encaracolados, negros, macios, todos. Não pude evitar: fiquei de pau duro outra vez.

Pensei em ver filme no Cinearte 1, não lembro exatamente qual, mas tive idéia melhor: comprei ingresso, fui diretamente a um dos banheiros, tranquei-me, imaginei-me novamente fodendo com Suzana Vargas e, após seguidos movimentos de vaivém aplicados no pênis, jatos de esperma decolaram em direção à porta do banheiro. Sentei e observei o líquido escorrendo sobre as pichações pornográficas feitas a caneta bic até pingar no chão. Em momentos assim, sempre me flagrei pensando em quantas crianças havia desperdiçado nessas ocasiões. Pura bobagem. Tive dois filhos — e bastou.

Limpei-me, joguei a revista recém-comprada na lata do lixo, vesti-me e ganhei a rua. O carro não estava estacionado longe dali. O orgasmo recente e o fato de reencontrar o automóvel, ileso, sem arranhões, sem arrombamento, me fizeram homem quase feliz.

Revejo, sem muito gosto, o funcionário com palito entre dentes, hálito de cebola, arroz, feijão e bife e cabelos negros como a asa da graúna (*que não combinam em nada com o rosto quase cinquentão*), barriga de Sancho Pança, unhas pintadas com esmalte incolor e enorme anel com pedra verde no dedo indicador da mão direita (*ou seria esquerda?*). Traz terno preto nas mãos (*vou ficar ridículo, disforme do jeito que estou, dentro disso; se é que vou entrar nessa roupa que quase nunca usei. Por que as pessoas insistem em vestir os mortos com paletó e gravata?*). E, pode-se perceber, traz também enorme disposição, e experiência, para me enfiar dentro daquilo.

Começa pelas calças mas, logo percebe, não há jeito de enfiar-me ali, embora se esforce, sue até. Tenta outra vez. Nada. Mais uma vez. Nada, de novo.

Finalmente diz:

— *Cara, você engordou depois de morto.*

Lia e Ana ressurgem e recebem a notícia:

— *Senhoras, lamento informá-las, mas deixemos de firulas e enfie-*

mos o cadáver no caixão nu como veio ao mundo. As roupas que as senhoras trouxeram não entram mais no morto. É normal nessas situações, em que a pessoa é submetida a grandes traumas, o corpo incha, não há como vesti-lo. Minha sugestão é (gostava da objetividade dele; na verdade, gostava dele como um todo): *forrá-lo com lençol, enfiá-lo num caixão, colocá-lo num avião, enterrá-lo e ponto final. A vida continua.*

(*Tenho vontade de aplaudi-lo. Prendam-me logo num caixão, enterrem-me e acabem logo com isso, merda!*)

Ana esboça um tímido como o senhor se atreve a falar assim do meu marido, mas percebe, aos poucos, que o funcionário com palito entre dentes, hálito de cebola, arroz, feijão e bife e cabelos negros como a asa da graúna (*que não combinam em nada com o rosto quase cinqüentão*), barriga de Sancho Pança, unhas pintadas com esmalte incolor, enorme anel com pedra verde no dedo indicador da mão direita (*ou seria esquerda?*) e sereia tatuada no pescoço (*percebi quando tentava me enfiar a calça*) tem razão.

Lia, mais sensata, sempre foi, concorda imediatamente:

— *Ok. Cubra-o, por favor. Daqui a quinze minutos, no máximo, estaremos aqui com o caixão para levá-lo ao aeroporto.*

O funcionário com palito entre dentes (*ainda*), hálito de cebola, arroz, feijão e bife e cabelos negros como a asa da graúna (*que não combinam em nada com o rosto quase cinqüentão*), barriga de Sancho Pança, unhas pintadas com esmalte incolor, enorme anel com pedra verde no dedo indicador da mão direita (*ou seria esquerda?*), sereia tatuada no pescoço (*notei-a quando tentava me enfiar a calça*) e nariz de Cleópatra (*imenso*) aconselha:

— *Façam isso logo, minhas senhoras. Tudo que esse cadáver sonha agora é ser enfiado na solidão confortável de um caixão* (tenho vontade de beijá-lo!) *e descansar em paz.*

Eram 22:00h. Depois de circular pela região central de São Paulo, talvez em busca de Ana 3, espécie de síntese da mulher que não pensa e da mulher que pensa em excesso; a mulher ideal, portanto, dirigi a esmo, sem destino.

Exatamente às 23:00h (*e não me perguntem como fui parar lá; não saberei responder. Depois, pensei melhor, acho que fui levado, empurrado por algo, por alguém, talvez por Deus*), descobri-me dirigindo na Marginal Tietê, próximo à Ponte da Casa Verde. Não era (nem é) exatamente o lugar mais adequado para dirigir àquela altura da noite (*o Tietê fedia, cheirava mal, a região é espécie de Blade Runner em preto e branco, um dos cus do mundo*), mas, não sei como, estava lá — e vi: a cem metros de mim, ao lado da pista, havia corpos estirados no chão, ao lado de carro que parecia totalmente destruído.

Pensei em acelerar, pisar fundo no acelerador, e ignorá-los, que o próximo motorista que passasse os socorresse, por que não? Mas ondas de solidariedade humana que não sei exatamente de onde vieram me invadiram a alma e me diziam, me ordenavam: — *Pare, João P., você pode salvar vidas...*

Obedeci. Parei o carro, escutei vozes implorando socorro e me enchi de vontade de salvar aquelas pessoas. Por que não? Não me custaria nada. Era só colocá-los no carro, levá-los ao hospital mais próximo e, depois, dormir tranqüilo, ser elogiado por Ana 2. Ela se enternecia com atos de solidariedade humana; e o que custava agradá-la, fazê-la sentir-se casada com homem que praticava boas ações quando tinha oportunidade de praticá-las? Talvez também me sentisse menos culpado, menos incomodado pelo fato de ser pessoa fisicamente quase perfeita e morar relativamente bem enquanto milhares de outras morriam à míngua ou apodreciam aos poucos, solitários, em camas de hospitais.

Abri a porta do carro, apeei e atravessei a pista.

Virei o rosto para a direita (*ou teria sido para a esquerda?*) e vi: dois enormes faróis caminhavam velozmente em minha direção e, ao baterem em mim com a velocidade de um cometa, me fizeram voar.

Voei.

Acordei duas semanas depois em quarto de hospital.

Com Lia, Ana 1, Ana 2, Tiago, Júlia, Josefa, Simone, Sandra, Dagoberto, Edson Luiz e Márcia Denser ao meu lado.

Com duas pernas a menos.

Ninguém chorava, todos desempenhavam, lamentavelmente, os papéis que lhes foram designados. Pareciam mal ensaiados e aqui e ali podiam-se ver rostos recém-chorados, olheiras profundas, dores ocultas, olhos cheios de piedade.

A má-nova foi comunicada por médico com ar compungido e certa semelhança com Dr. Kildare, a ponto de achar que aquilo tudo não passava de novela de tevê vagabunda, made in México, ou Venezuela. O aviso era absolutamente necessário: demoramos a perceber que os membros inferiores se foram (*para não mais voltar*) e levamos algum tempo para incorporar, assimilar, a idéia de que somos homens com não-pernas.

Dr. Kildare havia pedido que todos saíssem do quarto e me contou a má-nova com ar bovino, displicente, como se dissesse que você havia perdido um dente. Consolava-me o crápula com a idéia de que, apesar de tudo, a terra se movia, poderia ter vida normal. Tinha ímpetos de mandá-lo tomar no olho do cu, mas simplesmente olhava para as minhas não-pernas, não as via, mas, ainda assim, não me convencia de que não estavam lá.

Eu repetia até enrouquecer:

— *Vocês querem me enlouquecer, vocês querem me enlouquecer....*

E me lembrava de pequenas lagartixas que pontuaram minha infância, que tinham rabos amputados por garotos sádicos, eu inclusive, e, dias depois, exibiam rabo novo, reconstituído, refeito, vistoso, imponente.

Berrava, urrava:

— *Por que não éramos lagartixas? Por que não nasci lagartixa?*

O médico dizia:

— *Não somos assim... Não somos lagartixas, somos homens. Você pode não ter mais as pernas, mas pode ter vida quase normal, pensar, escrever, foder, criar, transformar...*

Respondia irado, tentava esmurrá-lo:

— *Transformar o quê, cara pálida? Transformar o quê?*

Uma semana depois, me perguntaram o que queria fazer com as minhas pernas amputadas. Não, não foi o Dr. Kildare que me colocou diante da questão, foi, talvez inadequadamente, Ana 2.

Perguntou-me:

— Benzinho, o que você vai querer fazer com as pernas amputadas que estão guardadas na geladeira do hospital?

Pensei em esbofeteá-la, mas a coitada não era a causa de minha desgraça. Se houvesse algum culpado, esse culpado era Deus que, indignado com a minha pretensão de salvar vidas (talvez pensasse que isso fosse missão Dele e de ninguém mais), me colocou no devido lugar, de reles e simples mortal.

Assustei-me com o que disse, mas disse-lhe secamente:

— Ana 2, faz o seguinte. Peça aos médicos para as incinerarem e, depois, colocarem as cinzas em dois potes de vidro, daqueles em que se guardam compotas de pêssego, ameixa, essas coisas. Sabe a que estou me referindo, não? Tem dois deles na geladeira lá de casa, é só jogar o conteúdo fora e enchê-las com as cinzas das minhas não-pernas.

Ana 2 esbugalhou os olhos (e, não resistindo à macabra companhia, os dois potes contendo as cinzas nos observando na cabeceira da cama, implacavelmente, me abandonou logo depois. Voltou à zona do meretrício. Uma vez puta, sempre puta). Ponderou:

— Benzinho, você tem certeza de que quer que seja assim?

Respondi:

— Tenho sim, e quero colocar os dois potes de vidro na cabeceira de minha cama e levá-los no caixão quando morrer...

Ouço barulho, o funcionário com palito entre dentes (*ainda*), hálito de cebola, arroz, feijão e bife e cabelos negros como a asa da graúna (*que não combinam com o rosto quase cinqüentão*), barriga de Sancho Pança, unhas pintadas com esmalte incolor, enorme anel com pedra verde no dedo indicador da mão direita (*ou seria esquerda?*), sereia tatuada no pescoço (*notei-a quando tentava me enfiar a calça*), nariz de Cleópatra (*imenso*) e sobrancelhas espessas como Monteiro Lobato enrolou-me com lençol branco. Fiquei tal e qual uma múmia. Diz para Lia e Ana, que acabaram de entrar no salão com dois homens que carregam discreto caixão (*obrigado, minhas queridas, por não me encaixotarem naqueles caixotes que mais parecem carros alegóricos!*) e o colocam ao meu lado (*sem excessos, sem firulas, apenas um lugar onde poderei descansar para sempre*):

— Senhoras, o cadáver está devidamente embalado para ser colocado no caixão. Podemos colocá-lo?

Ouço Ana e Lia responderem, em coro:

— Sim.

Sou levantado como bebê de colo por quatro rapazes — o funcionário com palito entre dentes (*ainda*), hálito de cebola, arroz, feijão e bife e cabelos negros como a asa da graúna (*que não combinam com o rosto quase cinqüentão*), barriga de Sancho Pança, unhas pintadas com esmalte incolor, enorme anel com pedra verde no dedo indicador da mão direita (*ou seria esquerda?*), sereia tatuada no pescoço (*notei-a quando tentava me enfiar a calça*), nariz de Cleópatra (*imenso*), sobrancelhas espessas como

Monteiro Lobato e boca de Gal Costa apenas os orienta — e colocado no caixão.

Sinto-me confortabilíssimo. O caixão é macio e acolhedor. Mas ainda falta algo: os potes de compota contendo as cinzas das minhas não-pernas.

Não falta mais: Lia tira pacote da sacola e o coloca ao meu lado.

Ana, delicadamente, enche o caixão com rosas vermelhas e angélicas.

Posso, afinal, ser enterrado em paz.

O funcionário com palito entre dentes (*ainda*), hálito de cebola, arroz, feijão e bife e cabelos negros como a asa da graúna (*que não combinam com o rosto quase cinqüentão*), barriga de Sancho Pança, unhas pintadas com esmalte incolor, enorme anel com pedra verde no dedo indicador da mão direita (*ou seria esquerda?*), sereia tatuada no pescoço (*notei-a quando tentava me enfiar a calça*), nariz de Cleópatra (imenso), sobrancelhas espessas como Monteiro Lobato, boca de Gal Costa e queixo de Noel Rosa pergunta:

— *Posso lacrar o caixão?*

Lia responde:

— *Sim.*

E dirigindo-se a Ana:

— *Que o caixão não seja aberto por ninguém de agora em diante. Não quero que ninguém veja o estado em que João P. ficou depois do acidente. Você concorda comigo?*

Ana:

— *Sim, claro. Seria um choque para Tiago e Júlia vê-lo assim.*
Tudo escurece.
Presumo: colocaram a tampa do caixão.
Não posso mais ver. Mas posso ouvir e pensar. E, além do mais, sinto o calor dos potes contendo as cinzas das minhas não-pernas.
Relaxo (*acho que vou, finalmente, dormir um pouco*).
Sou morto, logo sou feliz.

Epílogo

passageiro um

Conheço aquele cara ali na janela a duas fileiras daqui, sou boa fisionomista, não o esqueceria jamais. tenho boa memória. é um dos sujeitos que estavam ao meu lado no vôo passado, aquele que lia livro de don deLillo (ou seria decillo?) e nunca saía da página 407, por quem meus sinos dobraram, por quem tive enorme desejo de foder, de que me enfiasse o caralho na vagina, que me fizesse sair dessa solidão crônica em que ando mergulhada. dorme ou finge que dorme (qual a diferença entre fingir e ser?). penso em abordá-lo: quem sabe agora nos acertamos e acabamos num motel, fodendo feito loucos até o amanhecer? ainda tento devorar a ordinária comida de bordo, vagem misturada com arroz duro e pedaços de carne sem sal, comida de carandiru, quando percebo: há algo de podre no ar, invadindo o ar. é como se abrissem a latrina do inferno. abriram. tenho vontade de vomitar até as tripas. vomito. encho o saco plástico que jazia nas costas da cadeira à minha frente mas ainda sobra algo que sou obrigada a despejar, em jatos caudalosos, no corredor, sob olhares reprovadores dos outros passageiros. mas não posso evitar, é mais forte que eu. lembro as vezes que, bêbada, abria válvula do bujão de gás, virava o botão do fogão para fritar ovo, mas tombava antes e acordava com os gritos de minha mãe e um cheiro insuportável de metano invadindo-me inteira, incendiando-me. é o mesmo cheiro que sinto agora e que me faz expelir tudo que comi nas últimas horas. olho para o que vomitei e vejo: duas solitárias vagens afogadas em líquido branco, talvez o leite quente que tomei antes de sair de casa. talvez (*habito o mundo do talvez, lembram?*) o banheiro do fundo da aeronave tenha explodido e as fezes retidas tenham saído do buraco da privada e aterrissado, vorazes, no meu ombro. casal de adolescentes cochicha nas poltronas atrás de mim (*mas ouço, tenho ouvido de tísica*): — alguém peidou. que horror! ela está vomitando. que horror! ensopo lenço de cetim azul que pertenceu à minha mãe, que morreu de ataque cardíaco anteontem, com fortes doses de perfume francês que também herdei da minha mãe que morreu de ataque cardíaco anteontem — e aspiro profundamente. aspiro profundamente. a náusea foge por alguns instantes (*mas vai voltar, sei, está escrito, maktub*) e consigo sobreviver aos gases fétidos que invadem o avião. a velhota que ocupa a cadeira do corredor na fileira ao meu lado me olha com cara de repreensão e asco, deve imaginar que sou alguma drogada vomitando vísceras e, em seguida, consumindo a droga da estação. mas, sufocada pelo mau cheiro a bordo, também retira lenço da bolsa e cheira profundamente. comissário de bordo gostosão mas que deve ser viado como todos os outros vem me socorrer, tenta enfiar-me algum comprimido goela adentro, mas resisto. digo: — *não, não e não. já estou intoxicada o suficiente por hoje.* comissário de bordo gostosão mas que deve ser viado como todos os outros que vem me socorrer insiste: — *tome isso, a senhora vai se sentir melhor...* repito: — *não, não e não!* comissário de bordo gostosão mas que deve ser viado como todos os outros que vem me socorrer desiste: — *Ok, mas tente relaxar.* tentar relaxar, o caralho! como posso relaxar com esse cheiro de ovo podre, de presunto podre, de peixe podre, de presunto podre, de carne podre, de tudo podre me invadindo as narinas? aeromoça, diligentemente, munida de água e detergente, limpa as minhas vísceras espalhadas pelo corredor do avião. em questão de segundos tudo fica limpo novamente, agora os cheiros são vários: peixe podre e vidro quebrado de pinho-sol, ovo podre e banheiro de rodoviária barata recém-lavado, carne podre e pênis não-circuncidado e sujo, tudo podre e inhaca de cu sujo. não há como retirar o lenço do nariz, não há como suportar o fedor insuportável, não há como entender que alguém a bordo esteja liberando tais emanações. não há como entender que o homem possa feder tanto. penso em minha mãe, em como morreu fulminantemente de ataque cardíaco, do jeito como morreu, como um passarinho. de repente, não mais que de repente, fui acordá-la para o café da manhã e a encontrei morta, morta, morta, absolutamente morta. amava-a muito, mas acho: a morte foi para ela um descanso, um bálsamo, um presente de deus. chorei muito, sentirei a falta dela, era minha grande companheira, luiz, o puto do luiz, fugiu de casa para não mais voltar e quero que se foda, se foda, os filhos agora criados estão cada um na sua, sou adereço dispensável, não querem saber de mim, sabem se virar, sobrevivem do trabalho que realizam, eu fiquei desamparada, funcionária pública mal paga, mal comida, mal tudo. era apenas eu e minha mãe, minha mãe e eu. como pude matá-la? merda, esse cheiro terrível me confunde, me faz pensar bobagem. apaga tudo. volta a fita. a pergunta é: como pôde morrer de maneira tão rápida, como um coração pôde parar de bater tão repentinamente? amava minha mãe, amava minha mãe, não matei minha mãe, não matei minha mãe, não matei minha mãe, porra! aeromoça passa aspergindo o ar com golpes de desodorizador de ambientes folhas de outono. tenta apagar o inapagável: o interior do avião cheira a cloaca podre de baleia gigante. a velhota da fileira ao lado parece comigo dez minutos atrás: expele dejetos pela boca e pelo nariz: atola o corredor de excrementos. vejo: caroços de feijão afogados em líquido amarelado, talvez a feijoada completa com que se entupiu antes de sair de casa. horror, horror, horror! aeromoças retiram, velozes, as bandejas com restos de comida e limpam o corredor. rezo: tomara que cheguemos logo, que o avião não fique dando voltas como da outra vez, sou bruxa, sou maga, sou adivinha, sou má, mas tudo que quero agora é respirar ar puro e um bom banho com água e bucha. nada mais. minhas preces são atendidas. ouço o piloto anunciar: — *apertem os cintos e coloquem de volta as poltronas na posição vertical.*

em poucos minutos estaremos aterrissando no aeroporto internacional de salvador... tudo o que quero agora é mergulhar nas cavernas escuras de lençóis e encontrar helena márcia. desculpei-me com ela (não pude comparecer ao encontro que marcou anteontem à tarde no cine trasília, era o horário do enterro de minha mãe, mãe é mãe), mas remarquei nossa conversa para amanhã no final da tarde no cine tamoio, região central de salvador. estarei lá, sem falta. preciso conversar com alguém, desabafar.

passageiro dois

O peido é mais leve que o ar, o peido é mais leve que o ar, mais leve que o ar, mais leve que o ar, mais leve que o ar, leve que o ar, leve que o ar, que o ar, o ar. o pensamento vem logo depois de tentar segurar e, impotente, soltar silencioso, mas não não exatamente inodoro, flato. não faço isso sem culpa. em aviões lotados como o que estou agora, penso duas vezes antes de agir. e só ajo após minhas entranhas se revirarem e me forçarem a libertar os gases aprisionados, loucos para sair, ganhar o mundo, o espaço, invadir a camada de ozônio, escafeder-se. a sensação, antes da culpa, é de alívio, de libertação. o truque é ler algo, jornal, livro, revista, com convicção, incorporando ar compenetrado de quem não teve nada a ver com o cheiro fétido que invade o ambiente, a ponto de alguém olhar para você e, mesmo sendo você o culpado, pensar: — *este senhor respeitável jamais seria capaz de algo assim, jamais peidaria em público.* ou fingir dormir. é o que faço agora. concentro-me, como se estivesse no sono mais profundo. o cheiro de lavanda da mulher ao lado e dos restos de comida que ainda repousam na bandeja à minha frente mistura-se a outro que eventualmente me relaxa, que eventualmente me deprime, que eventualmente me faz perceber que estou vivo e o quanto estamos e somos podres, miseráveis e elementares seres que armazenam odores capazes de nos fazer duvidar de que algum deus tenha nos criado — à sua imagem e semelhança? acompanho, passo a passo, polegada de ar a polegada de ar, o odor desagradável afastar-se em direção a...? em direção a quê? em direção a quem? quem aspira os milhões de peidos que a humanidade libera diariamente nos quatro cantos do mundo? quem aspira os peidos dos tailandeses, espetacularmente liberados em relação a esse quesito, capazes de peidar sem culpa nos ambientes mais públicos, nos teatros, nos cinemas, nos jantares refinados, nos bondes lotados, na hora de fazer amor? nunca esquecerei: em banheiro público de versalhes, próximo a paris, um oriental, talvez chinês, talvez japonês, talvez coreano, talvez paulistano da liberdade, fazia xixi e peidava, peidava e fazia xixi, fazia xixi e peidava. no pequeno cubículo, onde diversos turistas, inclusive eu, esvaíam-se em líquidos, o pequeno homem de olhos puxados soltava peidos que mais pareciam trovões, seguidos, ritmados, cadenciados, inesquecíveis. e fazia tal burburinho com absoluta tranqüilidade, sem culpa alguma, sem pudor algum, sem câncer algum ameaçando devorar-lhe. ao acabar a série de flatos e, também, de mijar (urina e peidos saíam dele como se obedecessem ao mesmo comando), balançou o pênis, guardou-o de volta na calça, olhou com riso tímido e satisfeito os que o rodeavam e ganhou a rua, sem vergonha nenhuma, sem mácula nenhuma. temos muito o que aprender com os orientais, temos muito que aprender com os orientais, precisamos aprender a peidar como os orientais, como os orientais, como os orientais. o cheiro se foi. a culpa também. continuo de olhos fechados, se abri-los agora, logo após peidar, todos vão perceber que fui eu, fui eu, fui eu, fui eu o cara que eliminou aquele cheiro de ovo podre, de peixe podre, de presunto podre, de carne podre, de tudo podre. sinto que a mulher sentada ao meu lado se mexe, agitada, talvez tentando fugir da nuvem malcheirosa que lhe invadiu o nariz. penso: foda-se, foda-se. sinto: há outro peido em formação no meu baixo-ventre. penso em prendê-lo, em poupar o resto dos passageiros, em ir ao banheiro (simples, não?) e pronto, tudo iria bem, cumpriria minha sina de homem civilizado, culto, aculturado, socializado, evitaria que os meus companheiros de bordo pudessem novamente perceber que somos bichos como outros quaisquer, hienas como outras quaisquer, cavalos como outros quaisquer, o que nos diferencia é a capacidade de pensar. tenho vontade de gargalhar: capacidade de pensar, capacidade de pensar, de pensar o quê, cara pálida? de que nos serviu esse, digamos, *plus*? de porra nenhuma. somos, com honrosas exceções, a escória do universo, o lixo do lixo, o cu do cu. minhas narinas se contraem e me assusto: é como se houvesse enfiado a cara num pedaço de couve-flor cozido e conservado num carro fechado sob o sol inclemente durante dias. o fedor é atroz, cruel, insuportável, capaz de acordar os passageiros que estiverem dormindo. menos eu. continuo a dormir como se nada tivesse ocorrido. e, de fato, nada ocorreu. estou dormindo, não estou? sinto vozes sussurrando ao meu redor, sinto cheiro de detergente que me faz sentir saudades do meu banheiro, as pessoas talvez comentem a usina de odores desagradáveis em que me transformei nos últimos minutos, mas duvido que alguém me aborde pedindo para parar de peidar. é provável que estejam mais constrangidos que eu. tente peidar num elevador onde estejam outras duas ou três pessoas. duvido que falem algo, que o recriminem. somos assim, covardes em relação a esse tema e a uma caralhada de outros, temos medo de admitir que também somos assim, que também fedemos, que também peidamos... é da natureza humana evitar esses assuntos... percebo que alguém tira a bandeja com o resto do jantar que estava à minha frente. presumo: talvez a aeromoça esteja usando máscara antigases, se não como enfrentar a nuvem de ar podre que paira sobre nós neste exato momento? tento pensar em outro assunto, penso em andré, o filho que afinal vou conhecer (espero, na outra vez perdi a viagem; o filho-da-puta não quis me receber, fez charme, me chamou de viado, o diabo). estou novamente voando para salvador, para encontrá-lo, para abraçá-lo, para amá-lo, para provar para mim mesmo que sou mais que um bicho que expele gases e escreve contos e peças de teatro como se expelisse gases. antes de embarcar, estava ansioso, cheio de expectativas, cheio de desejos. pensava que conhecê-lo, conviver com ele, aprender com ele, tem vinte anos menos, deve saber mais do que eu, deve ter jogo-de-cintura que não consigo ter, aquele jeito cínico de olhar a vida, o mundo, que invejo tanto nos mais jovens. tento pensar em outro assunto, mas o cheiro que emana de mim parece mais forte que qualquer coisa. e é. o piloto anuncia: — *apertem os cintos e coloquem de volta as poltronas...* andré, andré, vou enfim conhecer andré, andré, andré... a emoção me invade a alma, mas não posso evitar (é mais forte do que eu): peido outra vez.

passageiro três

fim de jogo. não tenho mais nada a temer, nada a perder. já temi tudo. já perdi tudo. perdi o olho, as pernas, as mulheres, a vida, a guerra. fui derrotado. Você foi cruel demais comigo, implacável demais comigo, um cachorro, um filho da puta, um escroque, não se faz isso nem com o pior inimigo, nem com a mais vil das criaturas, nem com o homem que estuprou e matou a vizinha de cinco anos e jogou o corpo para os porcos comerem. Você venceu. Você sempre vence. não era isso que Você queria, me foder de vez, tirar o meu time de campo, me mandar para o inferno, para a puta que o pariu? por que Você tem tanta raiva de mim, hein, por quê? chegou a hora de acertarmos as contas, agora que estamos sozinhos, eu enfiado dentro desse caixão escuro e abafado dentro do compartimento de carga deste avião que me leva a salvador, onde serei enterrado, amanhã às dez da manhã no campo santo. Você por aí, por perto, decerto. dizem que entramos em conexão direta com Você quando morremos, então você deve estar aqui do meu lado, bem pertinho, rindo sadicamente da minha desgraça, da minha derrocada final, e posso dizer a Você o quanto O odeio, a raiva que sinto por Você é incomensurável, não caberia nem no mais caudaloso dos oceanos. agora somos eu e Você. Você e eu. mais ninguém. imagino a cena: rua esburacada de cidade do velho oeste é o epicentro de duelo entre mim e Você. estamos a vinte metros um do outro, velhos pistoleiros e putas do saloon observam tudo por trás das janelas, medrosamente, cachorros esquálidos latem ao fundo, duas ou três galinhas ciscam num terreno baldio. eu e Você aproximamos lentamente as mãos de nossos revólveres. em questão de segundos um de nós morrerá. espero que seja Você, seu puto, seu crápula. velho juiz interpretado por karl malden pergunta are you ready?, e inicia contagem regressiva, ten, nine, eight, seven, six, five, four, three, two, one, zero. now! minha mão ainda está tentando arrancar a arma do coldre e sinto rajada de balas me furando pulmões, coração, vísceras, virilha, colhões, cérebro. Você venceu de novo. eu perdi de novo. merda. morri novamente. tento confortar-me abraçando os potes com as cinzas das minhas não-pernas que estão ao meu lado, fiz questão de levá-las comigo para o túmulo onde espero que Você me deixe descansar em paz. não enxergo um palmo adiante do nariz, mas o barulho da turbina do avião me azucrina, me enlouquece. estou aqui dentro há mais de seis horas e daqui não sairei nunca mais, aqui habitarei até o final dos tempos. é macio aqui, forrado de pano vermelho, o que restou do meu corpo repousa confortavelmente em superfície acolchoada e relaxante. é cheiroso aqui, estou afogado em milhares de pétalas de rosas e angélicas, apenas o meu rosto ficou de fora. o cheiro de formol incomoda, mas, nesse duelo de odores que me sufoca, as flores parecem mais fortes e entram pelo nariz adentro, inebriando-me. por alguns segundos me esqueço de Você, da raiva que sinto de Você. mergulho no túnel do tempo: lembro-me das sessões de cinema no domingo à tarde, da troca de gibis de roy rogers e de recruta zero na hora da saída, das coxas macias das meninas que amassava no escurinho das matinês, do meu irmão querido me consolando quando perdi o olho e gritava de dor. de repente, me vejo no dia da minha primeira comunhão, que fiz sozinho numa manhã de segunda-feira. confessei meus pecados a um padre que tinha hálito cheirando a cachaça no sábado e no domingo fui ao circo. caí em tentação, pequei. guardei na memória as pernas firmes, os peitos grandes e os ombros inesquecíveis (como os de sofia de *quincas borba*, do mestre machado) de uma trapezista pra lá de sexy e me masturbei quando cheguei em casa. será que foi nesse momento que Você resolveu me perseguir, me submeter às provações por que tive de passar? logo depois perdi um olho e ganhei uma cicatriz na testa. muitos anos depois, Você aplicou o golpe de misericórdia: perdi as minhas pernas. ficou claro para mim então. era como se Você deixasse evidente: o Deus era Você, o misericordioso era Você, o dono da bola era Você, eu que não me metesse nos Seus negócios, eu não era merda nenhuma. quis dar uma de Deus, salvar vidas, salvar pessoas naquele acidente ocorrido na marginal tietê. quem mandou? Você deve ter berrado, com a bunda branca (Você é branco, não?) e enrugada estacionada em alguma nuvem: — *vou fodê-lo por causa disso, isso não é missão sua, é missão minha. você não tem o poder.* resultado: Você colocou aquele caminhão no meu caminho, Você me tirou as duas pernas, Você acabou comigo. a Sua mensagem subliminar era claríssima: — *meta-se com a sua vida, recolha-se à sua insignificância, biltre, verme, paspalho.* mas isso não bastou, o olho e as pernas não foram suficientes, Você queria o meu corpo inteiro. foi então que Você resolveu me tirar de cena, colocando aquele carro desgovernado no caminho do táxi em que viajava em direção ao aeroporto de brasília. cego de um olho aos oito, coxo aos 38, morto tragicamente aos 42, pequenas mas constantes sacanagens aos 13, aos 18, aos 23, aos 25, aos 27, aos 29, aos 32, tenho tudo anotado e guardado na gaveta do meu quarto, fiz inventário de Suas atrocidades, de Suas crueldades, o que Você quer mais de mim, a minha alma? Você sabe o que ouvi quando me colocaram no compartimento de carga do avião no aeroporto de brasília? um cara dizia pro outro: — *odeio carregar cadáveres. toda vez que tenho de fazer isso, rezo, rezo muito, tenho medo de que essas pessoas mortas nos tragam alguma desgraça.* o outro acrescentou: — *sinto a mesma coisa, acho que representam mau agouro. tento ficar o menos tempo possível próximo desses cadáveres. vamos nos livrar dele logo, rápido.* em seguida, arremessaram-me dentro do avião, como se eu fosse cão sarnento, leproso de ben-hur, praga bíblica da qual queriam se livrar. Você sabe a dor que senti quando ouvi aquilo? sabe sim, Você sabe tudo, papai sabe tudo, Você é onisciente, onipresente, o rei da cocada preta, o pai de todos, o *big boss*. na verdade, devia ser Você falando pela boca daqueles dois caras. acho que já vou tarde. poderia ter morrido ao nascer, junto com minha mãe. não teria sofrido, não teria passado pelas dores por que passei, mas não. Você fez questão de me fazer sobreviver, Você fez questão de me punir sadicamente, aos poucos, primeiro um olho, depois as pernas, afinal a vida. que crime cometi, porra???? nas noites insones pós-amputação, cheguei a pensar que Você havia sido amante de minha mãe e, como eu a havia matado ao nascer, Você queria se vingar de mim. mas não foi Você que matou a minha mãe, não é Você que nos mata a todos, inclemente, impiedoso, sacana? grito (mas duvido que alguém ouça, o barulho da turbina do avião é mais forte que tudo; mas sei que Você, que pode tudo, ouvirá. e é isso que importa):

— *Assassino, Assassino, Assassino!*

pequena bibliografia afetiva:

no decorrer deste romance são citados trechos dos livros *Viagem ao fim da noite*, de Louis-Ferdinand Céline (Companhia das Letras), *Submundo*, de Don DeLillo (Companhia das Letras), *Judas, o obscuro*, de Thomas Hardy (Geração Editorial), e da canção *Abandono*, de Nazareno de Brito e Presyla de Barros, imortalizada por Angela Maria.

Este livro foi composto na tipologia Lapidary em corpo 13/18 e impresso em papel Chamois Fine 80g/m² no Sistema Cameron da Divisão Gráfica da Distribuidora Record.